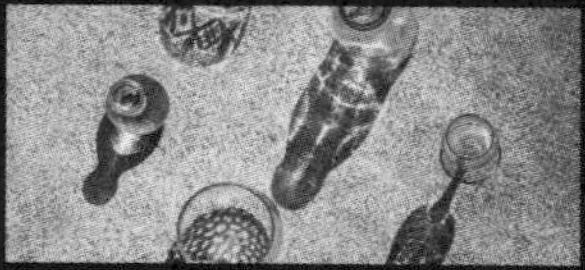

암스테르담

AMSTERDAM
by Ian McEwan

세계문학전집
224

Ian McEwan : Amsterdam

암스테르담

이언 매큐언 장편소설
박경희 옮김

문학동네

일러두기

1. 번역 대본으로는 *Amsterdam*(Ian McEwan, Vintage, 2016)을 사용했다.
2. 주석은 모두 옮긴이주다.
3. 본문 중 고딕체는 원서에서 이탤릭체로 강조한 부분이다.

자코 그루트, 엘리자베스 그루트에게

여기서 만나 얼싸안았던 친구들은 떠났다.

각자 저마다의 과오를 향해.

W.H. 오든, 「십자로」

차례

1부

1

몰리 레인의 연인이었던 두 사내가 2월의 매운 추위를 등에 업고 화장장 밖을 서성이고 있었다. 그들은 이미 했던 말들을 반복했다.

"몰리는 자기가 무슨 일을 당한지도 몰랐어."

"뭔지 알았을 땐 이미 늦었지."

"그렇게 순식간에."

"가엾은 몰리."

"음."

가엾은 몰리. 그녀의 증세는 도체스터 그릴 레스토랑 밖에서 택시를 잡으려고 팔을 들었을 때 찌르르 저려오는 느낌과 더불어 시작되었고, 이후로 그 느낌은 그녀를 떠나지 않았다. 불과 몇 주 사이에 사물의 이름이 가물가물해졌다. 정당, 화학, 프로펠러는 그럴 수 있다 해도, 침대,

크림, 거울 같은 말이 떠오르지 않는다는 건 가벼이 넘길 일이 아니었다. 아칸서스와 브레사올라가* 일시적이나마 기억에서 말끔히 삭제되는 경험을 한 후 몰리는 내심 불안을 잠재워주길 기대하며 의사를 찾아갔다. 하지만 기대와 달리 의사는 정밀검사를 위해 그녀를 이곳저곳으로 보냈고 어떤 의미에서 그녀는 되돌아오지 못했다. 활달하던 몰리는 졸지에 남편 조지가 지키는 병실의 수인 신세가 되었다. 까탈이 심하고 병적으로 소유욕이 강한 남자, 조지. 재치 있는 레스토랑 평론가이자 사진작가였고 대담한 시도를 즐기는 정원사였으며 외무장관의 정부였던 여자, 몰리. 마흔여섯의 나이에도 옆으로 재주넘기를 거뜬히 해내던 사람. 그녀가 정신을 놓고 고통의 나락으로 추락해가던 속도는 사람들의 입방아에 오르내렸다. 몸을 가누지 못하더니 유머감각도 다 잃고, 만사 귀찮은 듯 멍하니 있다가 갑작스레 행패를 부리거나 비명을 지르곤 한다는 소문이 들려왔다.

화장장을 나오는 조지의 모습이 눈에 띄자 몰리의 두 연인은 잡초가 우거진 자갈길로 물러났다. 두 사람은 '회상의 정원'이라는 팻말이 박힌 타원형의 장미화단을 따라 거닐었다. 꽃나무들은 얼어붙은 땅 위로 불과 몇 센티미터도 고개를 못 내밀고 무참히 잘려나가 있었다. 몰리가 보면 탄식할 풍경이었다. 잔디밭에는 납작하게 비벼 끈 담배꽁초들이 흩어져 있었다. 조문객들에게는 앞선 장례식이 끝나기를 기다리며 시간을 때우기에 적당한 장소였으니까. 오랜 친구인 두 사람은 토씨만 바꿀 뿐 대여섯 번도 넘게 반복한 얘기를 다시 꺼냈다. 그편이 〈순례자〉

* 각각 쥐꼬리망촛과의 식물, 이탈리아 요리의 이름.

찬송을 따라 부르는 것보다 위안이 됐다.

클라이브 린리가 몰리를 처음 만난 건 1968년, 두 사람이 대학생일 때였다. 그들은 구성원이 수시로 바뀌던 베일 오브 헬스의 어수선한 하숙집에서 함께 살았다.

"험하게도 갔어."

클라이브는 회색빛 대기 속으로 사라져가는 자신의 뿌연 입김을 바라보았다. 오늘 런던 도심의 기온은 영하 11도라고 했다. 영하 11도라. 세상은 무언가 잘못 돌아가고 있었지만 그건 딱히 신의 존재 탓도 부재 탓도 아니었다. 인간 최초의 불복종과 타락, 하행음, 오보에, 아홉 개의 음, 열 개의 음. 절대음감의 소유자인 클라이브의 귀에 G음에서 하행하는 음의 진행이 울려왔다. 따로 메모를 해둘 필요도 없었다.

클라이브가 말을 계속했다. "내 말은, 무슨 일이 벌어지는 줄도 모르고 죽어갔다는 거지, 짐승처럼. 죽음을 맞을 채비도 못하고, 아니, 작별인사조차 못 건네고 맥없이 망가졌어. 병마가 덮치더니 그냥……"

그는 어깨를 움찔했다. 두 친구는 사람들 발길에 눌려 뭉개진 잔디밭 끄트머리에서 발걸음을 돌렸다.

"정신만 온전했다면 그렇게 가느니 스스로 목숨을 끊었을 사람이지……" 버넌 핼리데이가 말했다. 그는 1974년 파리에서 일 년간 몰리와 동거했다. 버넌은 첫 직장인 로이터통신에 다니고 몰리는 〈보그〉지에서 이런저런 일을 하던 무렵이었다.

"뇌사로도 모자라 조지의 감옥에 갇혀버리다니." 클라이브가 말했다.

우중충했으나 돈은 많은 출판업자 조지는 몰리의 절대적인 신봉자였고, 몰리는 늘 조지를 홀대하면서도 희한하게 그의 곁을 떠나지는 않왔다. 클라이브와 버넌이 입구 쪽을 흘낏 쳐다보니 조지가 문밖에 서서 조문객들의 애도인사를 받고 있었다. 몰리의 죽음이 그를 평소의 비아냥거리는 시선들로부터 벗어나게 해주었다. 키가 몇 센티미터 자란 듯도 보였는데, 등이 곧게 펴지고 목소리에 무게가 실렸으며, 가늘고 탐욕스러운 눈매엔 전에 없던 위엄이 깃들어 있었다. 그는 몰리를 요양원으로 보내기를 거부하고 직접 돌봤다. 더 정확히 말하자면, 그래도 사람들이 그녀를 문병하려고 했던 초기에 조지는 방문자를 면밀히 심사했다. 클라이브와 버넌의 방문은 엄격히 통제되었다. 그들을 보면 몰리가 흥분해 결국은 상황을 비관적으로 받아들일 우려가 있기 때문이었다. 또 한 명의 주요 인물, 외무장관 역시 환영받지 못했다. 사람들은 쑤군대기 시작했고, 몇몇 신문, 잡지의 가십난에서 이 같은 사실을 슬쩍 흘리기도 했다. 그러나 곧 이런 건 별 문젯거리도 안 됐다. 몰리의 상태가 끔찍하다는 소문이 돌았기 때문이다. 그녀를 만나러 가려는 사람도 없었거니와 내심 조지가 방문을 막아줘서 고마워할 지경이었다. 클라이브와 버넌만이 계속해서 조지를 성가시게 구는 재미를 포기하지 않았다.

두 사람이 다시 돌아섰을 때 버넌의 주머니에서 핸드폰이 울렸다. 버넌은 양해를 구하고 비켜서며 클라이브에게 먼저 가라는 손짓을 했다. 클라이브는 외투깃을 여미며 느릿느릿 걸음을 옮겼다. 화장장 앞에 모여든 검은 정장 무리는 그새 이백 명을 웃돌았다. 이제 서둘러 조지에게 몇 마디 건네지 않으면 무례하단 소리를 들을 것이다. 몰리가 거울에 비친 제 얼굴도 알아보지 못했을 때 조지는 드디어 그녀를 차지했다. 그는 몰리의 외도 앞에서 속수무책이었지만, 마침내 그녀는 온전히 그의 것이 되었다. 클라이브가 추위에 곱은 발을 구르자, 그 리듬을 타고 열 개의 하행음이 다시 떠올랐다. 리타르단도, 잉글리시호른, 대위법적으로 전개되며 부드럽게 올라가는 첼로, 거울 속의 첼로 이미지. 거울 속 그녀의 얼굴. 끝. 지금 클라이브가 원하는 것은 작업실의 온기와 고요함, 피아노, 그리고 미완성의 악보를 끝내는 것뿐이었다. 버넌이 통화를 마칠 모양이었다. "좋아. 헤드라인 고쳐쓰고 4면으로 옮겨. 두어 시간 내로 들어갈 테니까." 그러곤 클라이브에게 말했다. "빌어먹을 이스라엘 놈들. 우리도 건너가봐야지."

"그래야지."

하지만 두 사람은 그 대신 또다시 잔디밭을 걸었다. 그들이 이곳에 와 있는 이유는 결국 몰리를 묻기 위해서니까.

버넌은 편집국 걱정을 누르고 대화에 집중하느라 애쓰는 품이 역력했다. "몰리는 정말 멋진 여자였어. 그 당구 테이블 생각나?"

1978년 친구 몇몇이 모여 크리스마스를 보내려고 스코틀랜드에 있는 저택을 빌린 적이 있었다. 몰리는 당시 사귀던 브래디라는 칙선변호사*와 함께 저택 구석의 당구대 위에 올라가 아담과 이브 활인화를 연출했다. 브래디는 삼각팬티, 몰리는 브래지어와 팬티 차림이었다. 굴러다니던 큐걸이가 뱀이었고 붉은 공은 사과였다. 이 일화는 와전되어 신문의 부고란이나 심지어 그 자리에 있던 사람들의 기억에서조차 몰리는 '크리스마스이브에 스코틀랜드 어느 성의 당구대 위에서 나체로 춤을 추었던 여자'로 각인되었다.

---

* Queen's Counsel, 영국에서 왕실의 임명을 받는 최고 등급 공판변호사.

"사랑스러운 여자였지." 클라이브가 되뇌었다.

그때 몰리는 사과를 깨무는 시늉을 하며 클라이브를 정면으로 응시하더니 엉덩이를 쭉 빼서 손을 얹고는 와삭 깨무는 소리와 함께 요염한 미소를 지었다. 극장식당의 쇼걸 흉내라도 내듯이. 클라이브는 그녀의 눈길을 모종의 신호로 받아들였고, 예상대로 그들은 이듬해 4월 다시 동거를 시작했다. 몰리는 사우스켄싱턴에 있는 클라이브의 작업실로 옮겨와 여름을 보냈다. 이 무렵은 몰리가 레스토랑 칼럼으로 인기몰이를 시작하며 텔레비전에 출연해 미슐랭 가이드가 '요리계의 천박성'을 대변한다고 혹평하던 시절이었다. 클라이브 자신에게도 첫 포문이 열리던 시기로, 이때 페스티벌 홀에서 그의 〈관현악 변주곡〉이 공연되었다. 몰리와 클라이브의 관계도 2라운드로 접어들었다. 몰리는 변함이 없었을 테지만 클라이브는 달랐다. 첫 동거가 끝나고 십 년이 흐르는 동안, 클라이브는 몰리에게 뭔가를 배울 만한 여유를 터득했다. 무작정 덤빌 줄만 알았던 그에게 몰리는 섹스의 기술을 가르쳐주었고, 때로 정적도 필요하다는 것을 알려주었다. 가만히 누워, 이렇게, 날 봐, 날 똑바로 쳐다보라고. 우린 시한폭탄이야. 클라이브는 서른이 다 되어가고 있었으므로 요즘 기준으로는 늦깎이인 셈이었다. 몰리가 혼자 살 집을 구하고 짐을 꾸리자 클라이브는 그녀에게 청혼했다. 몰리는 그에게 입을 맞추며 귓속말로 이런 구절을 속삭였다. 그는 한 여자와 결혼했네, 그녀가 떠나지 못하도록/ 이제 그녀는 온종일 그곳에 있네.* 몰리가 옳았다. 그녀가 집을 나가자마자 클라이브는 어느 때보다 독신의 행복을 만

* 필립 라킨의 시 「자기밖에 모르는 남자」의 한 구절.

끽했고 한 달도 채 안 되어 〈세 편의 가을 노래〉를 작곡했으니까.

"자네도 몰리한테 뭘 배운 게 있나?" 클라이브가 불쑥 물었다.

80년대 중반 이탈리아 움브리아의 별장에서 휴가를 보내며 버넌도 두번째로 사과를 베어먹었다. 당시 그는 지금 그가 편집국장으로 있는 신문의 로마 특파원이었고 이미 결혼한 몸이었다.

"섹스는 도통 기억이 안 나는군." 버넌은 잠시 머뭇거리다 말했다. "분명 재미가 쏠쏠했을 텐데. 어쩐지 몰리가 포르치니에 대해 이모저모 가르쳐줬던 일만 생각이 난단 말이지. 포르치니는 이렇게 골라서 저렇게 요리해라, 하던."

클라이브는 버넌이 답을 얼버무리는 거라고 짐작하고 자신도 은밀한 이야기들은 털어놓지 않기로 했다. 그는 화장장 입구로 시선을 돌렸다. 두 사람도 가봐야 했다. "내가 몰리와 결혼하는 건데 그랬어. 나라면 그녀가 그런 식으로 망가지기 전에 베개로 숨을 틀어막든 해서 내 손으로 보내줬을 거야. 그리고 뭇사람의 동정어린 시선으로부터 그녀를 지켰을 테지." 클라이브는 스스로도 자신의 거친 말투에 놀랐다.

버넌은 친구를 회상의 정원 밖으로 끌어내며 소리 내어 웃었다. "말이야 쉽지. 죄수들이 감옥 마당에서 돌면서 부를 노래를 쓸 자네 모습이 눈에 선하군. 이름이 뭐더라, 여성참정권 운동가였던 그 여자처럼."

"에설 스마이스* 말이군. 발로 써도 그 여자만 못할까."

장례식에 참석한 몰리의 친구들도 원래 화장장까지 따라올 마음은

* 19세기 말 20세기 초 활동한 영국의 작곡가. 여성참정권을 주장하며 폭력 시위를 했다는 이유로 교도소에 수감되었고, 그녀가 쓴 〈여성 행진곡〉은 여성참정권 운동가들에 의해 감옥 안팎에서 불렸다.

없었을 테지만, 조지는 추도식이 없음을 명백히 밝혔다. 조지는 세인트마틴이나 세인트제임스 교회의 성단에서 세 명의 옛 정부가 드러내놓고 서로 추도문을 읊는 꼴도, 자신이 추도 연설을 하는 동안 그들끼리 서로 눈짓을 주고받는 꼴도 보고 싶지 않았다. 화장장 건물이 가까워지자 귀에 익은 칵테일파티의 웅성거림이 들려왔다. 샴페인 쟁반과 소리를 되울릴 간이 벽만 없다 뿐이지, 여느 전시회 오프닝이나 론칭 행사장과 다름이 없었다. 클라이브에게는 낯익은 얼굴들이 많았지만 환한 대낮에 마주하는 것도, 그렇게 오싹한 표정들을 보는 것도 처음이었다. 다들 마치 새로 죽은 사람을 환영하려고 무덤에서 벌떡 일어난 시체 같은 모습이었다. 인간에 대한 갑작스러운 혐오감에 놀라 정신이 든 클라이브는 미끄러지듯 소음을 뚫고 조지가 서 있는 쪽으로 다가갔다. 누군가가 불러도 못 들은 척 무시하고, 팔꿈치를 잡아도 뿌리쳤다. 조지는 두 여자와 중절모를 쓰고 지팡이를 짚은 쭈그렁 영감과 얘기중이었다.

"너무 추워서 우린 가봐야겠어." 클라이브의 어깨 너머로 누군가가 외치는 소리가 들려왔지만 그런 상황에서 공동체 행사의 구심력으로부터 벗어날 수 있는 사람은 없었다. 텔레비전 방송국의 사주에게 붙잡힌 버넌의 모습은 이미 보이지 않았다.

마침내 클라이브는 적절한 조의를 표하며 조지의 손을 잡았다. "큰일 치르느라 고생했네."

"와줘서 고맙군."

몰리의 죽음이 그에게 기품을 부여했다. 근엄함은 조지의 스타일이 아니었다. 그는 원래 애정에 굶주려 있고 음침한 인간이었다. 사람들이 자기를 좋아해주길 못내 바라면서도 타인이 호의와 친절을 베풀면 자연스레 받아들이질 못했다. 재벌이 지고 사는 짐이라고 할까.

"참, 소개하지." 그가 덧붙였다. "이쪽은 베라와 미니, 핀치 자매. 몰리가 보스턴에 있을 때 알고 지내던 분들이야. 이쪽은 클라이브 린리 씨."

클라이브는 핀치 자매와 악수를 나누었다.

"작곡가 아니세요?" 베라인지 미니인지가 물었다.

"네, 그렇습니다."

"뵙게 되어 영광이에요, 린리 씨. 열한 살 난 우리 손녀딸애가 바이올린 기말시험을 보려고 선생님이 작곡하신 소나티네를 연습했는데, 정말 그 곡에 빠졌더군요."

"반가운 이야기네요."

아이들이 자기 음악을 연주한다고 생각하니 클라이브는 어쩐지 기분이 가라앉았다.

"그리고 이분도 미국에서 오셨어. 하트 풀먼 씨." 조지가 말했다.

"풀먼 씨! 이렇게 뵙는군요! 혹시 기억하시나요? 제가 선생님의 『분노』 시편에 재즈오케스트라를 위한 곡을 붙인 적이 있는데요."

풀먼은 비트제너레이션* 시인으로, 케루악 세대의 마지막 생존자였다. 쪼그라든 도마뱀 같은 풀먼은 클라이브를 향해 고개를 드는 것조차 힘겨워 보였다. "우라질, 요즘은 통 기억나는 게 없어." 풀먼은 째지는 목소리로 유쾌하게 말했다. "하지만, 댁이 그랬다면 그런 거겠지."

"설마 몰리는 기억하시겠죠." 클라이브가 말했다.

---

* 1950년대 미국에서 청년들을 중심으로 저항적이고 과격한 문화운동을 주도한 세대. 소설가 잭 케루악과 시인 앨런 긴즈버그가 대표적인 인물이다.

"누구?" 풀먼은 잠시 정색을 하더니 이내 킬킬대며 앙상하고 창백한 손으로 클라이브의 팔뚝을 움켜쥐었다. "아, 물론이지." 풀먼이 벅스 버니 같은 목소리로 말했다. "몰리와 나로 말하자면 65년 이스트빌리지 시절로 거슬러올라가지. 몰리를 기억하냐니, 거참!"

클라이브는 마음의 동요를 감추고 시간을 따져보았다. 그해 6월에 몰리는 열여섯 살이 되었다. 어째서 몰리는 한 번도 그 일을 언급하지 않았을까? 클라이브는 애써 무심을 가장하고 노인을 떠보았다.

"여름휴가차 갔던 모양이죠."

"아니, 아냐. 몰리는 내 십이야 파티*에 왔었어. 눈에 확 띄는 여자였지, 안 그런가, 조지?"

그렇다면 미성년자 성추행이다. 클라이브보다 삼 년이나 앞선 거고. 몰리에게서 하트 풀먼 얘기는 들어본 적이 없었다. 〈분노〉 초연에 그녀가 오지 않았던가? 공연 뒤풀이로 간 음식점에도 따라오지 않았었나? 통 기억이 나지 않았다. 우라질, 뭐 하나도.

조지는 등을 돌리고 미국에서 온 두 자매와 얘기하고 있었다. 클라이브는 잃을 게 없다는 생각에 손으로 입을 가리고 몸을 낮춰 풀먼의 귀에 속삭였다.

"네가 몰리와 해보긴 뭘 해봐, 이 뱀 같은 놈아. 몰리가 너 따위에게 몸을 내줬을 리 없어."

바로 그 순간 자리를 뜨게 된 건 클라이브의 의도가 아니었다. 그는 풀먼의 대답을 듣고 싶었으니까. 그러나 조지에게 애도를 표하려는 사

* 크리스마스로부터 십이 일 뒤인 1월 6일 주현절을 기념하는 파티.

람들과 노시인에게 경의를 표하려는 사람들이 좌우에서 몰려들었고, 클라이브는 그 무리에 휩쓸려 우왕좌왕하다가 밀려나버렸다. 하트 풀먼과 십대의 몰리라니. 클라이브는 욕지기를 느끼며 인파를 비집고 나와 빈자리를 찾아냈다. 다행히 누구도 그에게 관심을 갖지 않아, 거기서서 친구들과 지인들이 정신없이 떠드는 모습을 바라볼 수 있었다. 몰리를 진정 그리워하는 건 자신뿐인 것 같았다. 그녀와 결혼했더라면 클라이브는 아마 조지보다 더 고약한 남편이 되었을지도 모르고, 어쩌면 이런 모임조차 참을 수 없었을지도 모른다. 망가진 몰리의 모습도 견딜 수 없었을 것이다. 조그맣고 네모난 플라스틱 갈색 병에서 수면제 서른 알을 손바닥에 쏟아낸다. 막자사발에 약을 넣고 빻은 후 위스키 한 컵을 부으면 세 큰술 가득 되직하고 노르스름한 혼합물이 나온다. 약 수저를 입에 가져가면 그녀는 알고 있다는 듯 그를 바라본다. 약이 입언저리로 흘러내리지 않도록 그는 왼손으로 그녀의 턱을 받친다. 몰리가 잠든 동안 클라이브는 그녀를 안고 있다. 그렇게 밤을 지새운다.

나 말고 누구도 몰리를 그리워하지 않아. 클라이브는 조문객들을 둘러보았다. 모두 클라이브나 몰리 또래였고, 나이 차가 나봤자 한두 살이었다. 다들 그네들이 그토록 멸시하던 정부 아래서 근 십칠 년간 얼마나 큰 부와 영향력을 축적해왔는가. 나의 세대에 대해 말해보자.* 그런 에너지, 그런 행운. 전후의 사회복지국가에서 태어나 나라가 주는 젖과 꿀을 먹고 자라고, 부모들이 이룬 소박한 부에 얹혀살다가 곧장 완전 고용의 시대에 돌입한 세대. 새로운 대학들, 화사한 보급판 책들, 로큰

---

* Talking 'bout my generation. 영국 록밴드 '더 후(The Who)'의 〈나의 세대(My Generation)〉에 나오는 후렴구.

롤의 전성기, 적당할 만큼의 이상 추구. 그들이 타고 올라온 사다리가 부서지고 정부가 갑자기 젖을 떼며 잔소리를 시작했을 때 이들은 이미 안전하게 자리를 잡은 상태였다. 그리고 이제는 구색을 갖추느라 취미와 가치관, 재산을 불리는 데 여념이 없었다.

어디선가 경쾌한 여자의 목소리가 들려왔다. "손발이 꽁꽁 얼어서 더 못 있겠어요!" 클라이브가 몸을 돌리자 한 젊은 남자가 그의 어깨에 막 손을 올리려는 참이었다. 외투를 걸치지 않은 회색 양복 차림에 이십대 중반으로 보이는 사내였다. 머리는 대머리인지, 민 건지.

"린리 선생님, 생각에 잠겨 계신 것 같은데 방해해서 죄송합니다." 사내가 손을 거두며 말했다.

클라이브는 젊은 음악가이거나 사인을 요청하는 팬이려니 짐작하고 관대한 표정을 지어 보였다. "괜찮습니다."

"잠시 저쪽에서 외무장관과 담소하실 시간이 될까요? 장관께서 무척 만나뵙고 싶어합니다."

클라이브의 입술이 일그러졌다. 줄리언 가머니와 인사를 나눌 마음은 없었지만 굳이 그를 무시하느라 신경을 곤두세울 필요도 없었다. 피할 도리가 없군. "가시죠." 무리 지어 있는 친구들 곁을 지날 때 그중 몇몇은 클라이브가 누구에게 가는지 짐작하고 그를 안내자로부터 떼어놓을 심산으로 외쳤다.

"이봐, 린리. 적과 얘기하는 건 금물이야!"

실제로, 가머니는 진정한 적이었다. 그의 어떤 점이 몰리의 마음을 끌었을까? 생김새도 좀 유별난가. 커다란 머리통에 뭘 어떻게 한 것도 아닌 타고난 검은 곱슬머리, 납처럼 창백한 얼굴과 육감적인 것과 거리가 먼 얇은 입술. 그는 외국인 혐오와 과도한 형벌이라는 뻔한 노선을 앞세우며 정치판에서 이력을 다져왔다. 버넌의 설명은 늘 간단했다. 1급 개새끼, 색정광. 하지만 이런 놈은 몰리 주변에 널렸을 텐데. 지금 그 자리에 오른 걸 보면, 심지어 차기 총리직을 향해 도전하는 걸 보면 가머니에게는 남다른 재능이 있을 것이다.

보좌관은 말발굽 대형으로 가머니를 에워싼 무리 속에 클라이브를 데려다놓았다. 가머니는 연설중이거나 입담을 과시하는 중인 듯했다. 그러다 말을 멈추고 클라이브에게 손을 내밀더니 마치 두 사람만 있는 자리인 것처럼 은근히 힘을 줘 말했다. "진작부터 한번 뵙고 싶었습니다."

"안녕하세요."

이어 가머니는 주변 사람들이 들으라는 듯 큰 소리로 말했다. 모인 사람들 중 젊은 남자 둘은 유쾌하면서 구린 속내를 빤히 드러내는 가십난 전담 기자들이었다. 클라이브는 장관의 퍼포먼스에 등장한 일종의 소도구였다. "아내가 선생님의 피아노곡 중 몇 곡을 악보 없이 외워서 칩니다."

또야? 클라이브는 궁금했다. 그는 정말 일부 젊은 평론가들이 '지성인의 구레츠키*'라고 일컫듯, 사람들 입맛에 맞게 길들여진 재능의 소유자일까?

"부인께서 실력이 대단하신가보군요." 클라이브가 말했다.

정치가를 가까이서 대면하기는 오랜만이었다. 클라이브는 누가 자

---

* 폴란드의 대표적인 민중 작곡가 헨리크 미코와이 구레츠키.

기 얘기를 들으러 오고 누가 흥미를 잃고 떠나는지 판별하기 위해, 더 높은 사람들에게 접근하기 위해, 혹은 또다른 좋은 기회를 놓칠세라 쉼 없이 굴러가는 그들 특유의 눈길을 잊고 있었다.

가머니는 주변을 둘러보며 청중을 확인했다. "재능 있는 학생이었죠. 골드스미스음대를 나와 길드홀까지 다녔거든요. 그냥 놔뒀으면 그 길로 잘 갔을 사람이……" 그는 코믹한 효과를 노려 잠시 말을 멈췄다. "나를 만나 생뚱맞게 의학도가 된 거죠."

장관의 보좌관과 비서, 한 여자만 소리 죽여 웃었다. 기자들은 익히 들어본 말인지 무덤덤했다.

외무장관의 눈길이 클라이브에게 고정되었다. "그건 그렇고요. 작품 위촉되신 걸 축하하고 싶었습니다. 〈밀레니엄 교향곡〉 말입니다. 내각 차원에서 결정된 일인 건 아시죠?"

"네, 들었습니다. 장관께서 제게 표를 던져주셨더군요."

클라이브는 피곤하다는 기색을 비쳤지만, 가머니는 그가 엄청 고마워한 것처럼 반응했다. "뭘요. 내가 할 수 있는 만큼만 한 건데요. 내각의 몇몇 동료들은 그 팝스타를 지목했지요. 왜 있잖습니까, 비틀스의 옛 멤버. 어쨌건 작업은 잘돼가고 있나요? 거의 끝나갑니까?"

"거의요."

클라이브는 반시간 전부터 팔다리에 감각이 없었지만, 바로 그 순간 몸에 냉기가 훅 끼치는 기분이 들었다. 따뜻한 작업실에서 셔츠 바람으로 몇 주 후면 첫선을 보일 교향곡의 피날레를 완성하고 싶었다. 이미 데드라인을 두 번이나 넘긴 터라 집으로 돌아가고픈 마음이 간절했다.

클라이브는 가머니에게 손을 내밀었다. "만나서 반가웠습니다. 이제

가봐야 할 것 같네요."

그러나 장관은 클라이브의 손을 마주잡지 않고 말을 이어갔다. 그로서는 아직 이 유명 작곡가와의 만남에서 건져야 할 게 남아 있기 때문이었다.

"전 말이죠, 선생처럼 창작에 전념하는 예술가들의 자유를 보장할 수 있을 때 제 일에 보람을 느낍니다……"

엇비슷한 미사여구가 더 이어졌다. 클라이브는 솟구치는 혐오감을 누르며 그를 응시했다. 가머니 역시 자신과 같은 세대였다. 높은 직위가 그에게서 낯선 사람과 동등한 위치에서 대화할 수 있는 자질을 서서히 좀먹어갔다. 그가 잠자리에서 몰리에게 제공할 수 있었던 것이 저거였을까? 비인격성에서 오는 스릴 같은 것? 거울 앞에서 몸을 씰룩거리는 남자. 하지만 몰리는 분명 정서적으로 온화한 쪽을 선호했다. 가만히 누워, 날 봐, 날 똑바로 쳐다보라고. 한낱 실수에 불과했을 수도 있다, 몰리와 가머니는. 그러나 어느 쪽이든 클라이브로서는 참기 힘든 생각이었다.

외무장관이 끝을 맺고 있었다. "우리를 있게 하는 것은 전통입니다."

"계속 궁금했는데," 클라이브가 몰리의 옛 정부에게 물었다. "장관께서는 여전히 교수형 집행을 찬성하시는지요?"

가머니는 느닷없는 화제의 전환에 능란하게 대처했지만 눈빛은 차갑게 굳었다.

"그에 대한 저의 입장을 모르는 분은 드물겠죠. 전 어디까지나 의회의 견해를 존중하고 내각의 연대책임을 기꺼이 감수한다는 입장입니다." 가머니는 정면충돌을 피한 것은 물론 우아하게 방향을 틀기까지

했다.

예의 두 기자가 수첩을 들고 가머니에게로 한 발 다가섰다.

"어떤 기사에서 보니 연설중에 넬슨 만델라는 교수형감이라고 하신 적이 있더군요."

다음달 남아공 방문을 앞둔 가머니는 침착하게 미소를 지었다. 그 연설 내용은 최근 버넌의 신문에서 가머니를 궁지에 몰 작정으로 들춰낸 것이었다. "피 끓던 학창시절에 한 말을 두고 비난할 작정은 아니리라 믿습니다만." 그는 말을 멈추고 싱긋 웃었다. "벌써 삼십 년 전입니다. 그 시절이라면 선생도 꽤 충격적인 발언이나 생각을 해본 적이 있을 텐데요."

"물론 그랬죠." 클라이브가 말했다. "제가 말하려는 것도 바로 그겁니다. 하지만 그때 장관 뜻대로 됐더라면, 지금처럼 생각을 바꿀 기회도 별로 없지 않았겠습니까."

가머니는 잠시 수긍하는 듯 고개를 끄덕였다. "옳은 지적입니다. 하지만 린리 씨, 이 세상에 오류가 없는 사법체계란 없습니다."

그러고 나서 외무장관이 보여준 행동은 클라이브가 지금껏 관료들에게 품어왔던 고정관념을 말끔히 씻어내고도 남을 만했다. 돌이켜보니, 경외심마저 들게 했던 듯하다. 가머니는 엄지와 검지로 클라이브의 외투깃을 붙잡아 가까이 끌어당긴 후 아무에게도 들리지 않게 나지막한 음성으로 말했다.

"마지막으로 만난 날 몰리가 그러더군. 네가 발기불능이라고. 전부터 늘 그랬다며."

"웃기는군. 몰리가 그런 말을 했을 리 없어."

"물론 부인하고 싶겠지. 문제는 우리가 이걸 저 신사분들 앞에서 큰 소리로 떠들어댈 수도 있단 거야. 그게 싫으면 남 일에 상관 말고 이쯤에서 얌전히 물러나시지. 그러니까, 꺼지라고!"

가머니의 의사전달은 신속하고 위압적이었다. 말을 끝내자마자 그는 뒤로 물러나 환히 웃는 얼굴로 클라이브와 악수를 나누며 보좌관을 불렀다. "린리 씨가 저녁 약속에 쾌히 응해주셨네." 이 말이 그들 사이의 암호인 듯 젊은 남자가 즉각 다가와 클라이브를 끌어냈다. 가머니는 클라이브에게 등을 돌리고 기자들에게 말했다. "린리 씨는 훌륭한 분입니다. 의견이 달라도 친구로 남을 수 있다는 점이야말로 문명인에게 가장 중요한 미덕 아니겠습니까?"

2

한 시간 후에 기사가 딸린 것치고는 어이없이 작은 버넌의 자동차가 클라이브를 사우스켄싱턴에 내려주었다. 버넌도 작별인사를 위해 차에서 내렸다.

"끔찍한 장례식이었어."

"마실 것 하나 없다니."

"가엾은 몰리."

클라이브는 집으로 들어가 현관 복도에 서서 라디에이터의 온기와 고요를 온몸으로 빨아들였다. 가정부가 남긴 쪽지에는 작업실에 커피를 담은 보온병이 준비되었다고 적혀 있었다. 외투를 입은 채 2층으로 올라간 그는 연필과 오선지를 들고 그랜드피아노에 기대어 하행음 열 개를 휘갈겨 적었다. 그리고 창가에 서서 악보를 물끄러미 바라보며 대위법으로 전개될 첼로음을 상상해보았다. 말이 새천년을 기념하는 교향악 작곡이지 그동안 황당한 일로 시달린 날들이 수도 없었다. 예술의 독자성을 침해하는 관료제도의 개입. 이탈리아의 탁월한 지휘자 줄리오 보가 브리티시 심포니오케스트라와 정확히 어디서 리허설을 할 것이냐 하는 실랑이. 지나치게 바람을 잡거나 반대로 적대적인 언론의 보도도 은근하지만 끊임없이 그의 신경을 건드렸다. 자신이 두 번이나 데드라인을 넘겼다는 사실도—정작 새천년까지는 아직 몇 해가 남았건만. 하지만 지금처럼 음악에만 사로잡혀 문밖출입을 피하는 날들도 있었다. 클라이브는 추위에 곱은 왼손을 외투 주머니에 넣고 피아노 앞에 앉아 방금 쓴 소악절을 연주해보았다. 천천히, 반음계로, 리드미컬하고 장난스럽게. 이 부분에는 두 개의 상이한 박자기호가 있었다. 클라이브는 만족스러운 음을 찾을 때까지 첼로의 상행음형을 오른손만으로 이리저리 변주해보다 새로운 파트를 급히 적어내려갔다. 첼로의 고음역대만 모아놓았기 때문에 사나운 몸부림을 억누르고 있는 듯한 부분이었다. 교향곡의 피날레에서 이 음들을 풀어놓는 날이면 얼마나 짜릿할까.

클라이브는 피아노에서 물러나 커피를 조금 따른 후 평소처럼 창가에 섰다. 오후 세시 반인데 벌써 불을 켜야 할 정도로 어둡다. 몰리는 재가 되었다. 밤새워 일하고 점심나절까지 자야겠다. 달리 무엇을 할 수 있을까. 뭔가를 창조하고 죽는 것 외에. 커피를 마신 후 그는 다시 방을 가로질러 피아노 앞으로 갔다. 그는 외투를 입고 선 채 건반 위로 몸을 기울이곤 작곡한 악보를 양손으로 연주해보았다. 파리한 오후 햇살이 그를 비춰주었다. 거의 나무랄 데 없이, 거의 완벽했다. 음들은 손닿을 수 없는 곳, 미지의 누군가를 향한 서늘한 그리움을 담고 있었다. 오늘처럼 피아노 앞에 앉아 있지도 못할 만큼 신경이 예민하거나 밀려오는 악상 때문에 흥분된 마음을 주체하기 힘들 때면 클라이브는 몰리에게 전화를 걸어 와달라고 부탁하곤 했다. 마침 틈이 나면 몰리는 그에게 와서 차를 끓이거나 이국적인 칵테일을 만들어 구석에 놓인 오래된 안락의자에 앉았다. 몰리는 그와 얘기를 나누기도 하고 때론 그에게 연주를 부탁한 후 조용히 눈을 감고 듣기도 했다. 파티를 즐기는 사람치고 몰리는 취향이 의외로 엄격했다. 바흐, 스트라빈스키, 아주 드물게 모차르트를 듣는 정도였다. 그 무렵 몰리는 이미 소녀도, 이미 그의 연인도 아니었다. 두 사람은 상대에게 열정을 품기에는 너무 허물이 없을 정도로 친했고, 덕분에 각자의 연애사까지도 즐겨 털어놓았다. 몰리는 누이처럼 클라이브가 사귀는 여자들에게 후한 점수를 주었고, 몰리의 남자들에 대한 클라이브의 평은 그보다 훨씬 짠 편이었다. 음악과 요리가 화제에 오를 때도 있었다. 몰리는 이제 고운 재가 되어 납골단지로 들어가고 조지의 양복장 위에 놓일 것이다.

왼손이 여전히 어릿하긴 해도 몸에는 충분히 온기가 돌았다. 클라이브는 외투를 벗어 몰리의 의자에 걸쳤다. 그리고 작업실의 전등을 하나씩 켠 후 피아노 앞으로 갔다. 바깥의 어둠도, 저녁 러시아워의 페달음처럼 둔중한 불협화음도 아랑곳하지 않고 클라이브는 두 시간 넘게 첼로 파트를 다듬고 관현악 파트를 짰다. 이건 피날레로 이어질 경과구일 뿐이다. 그를 사로잡은 것은 약속, 염원이었다. 그는 눈앞에서 서서히 사라져가는 낡고 오래된 계단을 상상했다. 그것을 딛고 오르고자 하는 열망. 조바꿈을 통해 확장된 음역이 마침내 안개가 걷히듯 한줌 소리로

스러지면 이제 마지막 멜로디다. 고별사. 쉽게 기억할 수 있고, 유행을 초월하며, 저물어가는 한 세기와 그 시기의 무분별한 잔혹성을 애도하는 한편 눈부신 창조의 업적을 기리며 폐부를 찌르는 아름다운 멜로디. 먼 훗날 첫 연주의 흥분이 충분히 가라앉고 불꽃놀이와 평가분석, 간추린 역사 서술과 더불어 새천년을 기리는 행사들이 끝난 후, 이 거부할 수 없는 멜로디는 사라져간 세기의 엘레지로 남으리라.

이것은 클라이브 혼자만의 환상이 아니었다. 클라이브처럼 개성이 강한 작곡가를, 이를테면 상행하는 악절을 떠올리며 낡은 돌계단을 오르는 발걸음을 연상하는 작곡가를 위촉한 조직위원회의 생각이기도 했다. 70년대까지만 해도 클라이브를 지지하는 평론가들조차 그를 '초보수주의'라고 불렀고 그를 혹평하는 이들은 '퇴행'이라는 표현을 썼지만, 그가 슈베르트, 폴 매카트니와 마찬가지로 멜로디를 잘 쓴다는 점에서는 이견이 없었다. 위원회가 일찌감치 작품을 위탁한 이유는 곡이 '자연스럽게' 대중의 의식 속에 스며들도록 하기 위해서였다. 일례로 그들은 음량이 크고 속도가 빠른 금관악기 악절을 저녁 뉴스의 배경음악으로 쓸지도 모른단 얘기를 비치기도 했다. 음악계로부터 그저 그런 수준이라며 무시당한 조직위원들은 고별을 앞둔 말 많고 탈 많던 한 세기를 기념할 이 교향곡에서 적어도 한 소절, 한 편의 찬가, 엘레지라도 건지기를 원했다. 축구시합에 쓰인 〈아무도 잠들지 말라〉*처럼 일단 공공행사에 편입되면 음악은 세번째 밀레니엄 동안 대중의 마음속에서 자생력을 키워갈 기회를 잡을 수 있었다.

* Nessun dorma, 푸치니의 오페라 〈투란도트〉에 나오는 아리아. 1990년 BBC의 월드컵 중계방송에서 주제곡으로 쓰이며 대중적으로 유명해졌다.

클라이브 린리로서는 어려운 문제가 아니었다. 그는 자신을 본 윌리엄스*의 계승자로 여겼고, '보수주의' 같은 단어로 자신을 평가하는 건 부적절하며 정치 용어를 잘못 차용한 것이라고 생각했다. 게다가 그가 명성을 얻기 시작하던 70년대에는 무조음악, 우연성음악, 음렬, 일렉트로닉, 음조의 해체 등 사실상 모더니스트가 추구한 모든 것이 대학에서 가르치는 정통음악으로 자리잡았다. 모던음악의 지지자들이야말로 클라이브 자신보다 수구적인 셈이었다. 1975년 그는 백여 페이지 두께의 책을 출간했고, 모든 훌륭한 선언서들이 그렇듯 공격과 옹호라는 양면을 담고 있었다. 고루한 모더니즘의 친위대들은 음악을 고고한 학문의 영역 속에 가둬놓았다. 그 속에서 음악은 다른 장르에 질세라 전문화되고 고립되고 메말라갔으며, 그 오만함으로 대중과의 중요한 약속을 깨버렸다. 클라이브는 공적 찬조금을 받고 텅 빈 교회 강당에서 부러진 바이올린 목으로 한 시간 넘게 피아노 다리를 두드려대는 '콘서트'를 냉소적으로 설명했다. 홀로코스트를 언급하며 왜 유럽 역사의 이 단계에는 다른 형태의 음악이 존립 불가능한지 설명하는 프로그램북을 함께 수록하기도 했다. 클라이브는 이렇게 주장했다. 모더니즘 광신자들의 편협한 시야로 보면 성공과 대중들의 인정은 정도의 차이를 막론하고 미학적 차원에서의 타협이며 실패의 확증이다. 만일 20세기 서구 음악사를 결산한다면 승자는 블루스, 재즈, 록과 지속적으로 발전되어 가는 포크음악이 될 것이다. 이 장르들은 리듬과 멜로디, 화성이 혁신과 조화를 이룰 수 있다는 사실을 광범위하게 입증했다. 클래식으로 말

* 20세기 전반에 활동한 영국의 작곡가 랠프 본 윌리엄스. 영국 민요와 성가에 바흐, 헨델, 드뷔시, 라벨로 이어지는 서구 클래식의 전통을 수용했다.

하자면 20세기 전반 오십 년만이, 그것도 특정한 작곡가들만이 중요한 자리를 차지할 것이다. 클라이브는 쇤베르크의 후기 음악과 '그의 아류'들은 여기에 포함시키지도 않았다.

공격은 이 정도로 하고, 옹호의 방법은 구약 전도서의 진부한 기법을 빌리되 슬쩍 비틀었다. 지금은 전문가의 음악에서 탈피해 다시 음악의 본질인 소통 능력을 되찾을 때다. 유럽에서 음악은 줄곧 인간 본성이 불가해하다는 사실을 인정해온 인본적 전통 위에 구축되었기 때문이다. 지금은 공연이 '세속적 교감'이라는 사실을 받아들이고, 리듬과 음의 고저와 멜로디라는 기본 요소의 우선순위를 인정할 때다. 그러자면 과거의 음악을 답습하는 수준에서 벗어나 우리 시대에 적합한 아름다움이란 무엇인지 정의를 내려야만 한다. 그리고 그것은 '근본 진리'에 관한 개념을 터득하지 않고서는 불가능한 일이다. 이 대목에서 클라이브는 케이프코드 해변에 있는 놈 촘스키의 집에서 휴가를 보낼 적에 읽었던 촘스키 학파의 논문을 염치 좋게 차용했다. 당시 미출간 상태였던 그 논문은 수준 높은 이론을 제시했다. 리듬과 멜로디, 그리고 듣기 좋은 화음을 '읽어내는' 우리의 자질은 인간 고유의 언어습득 능력처럼 누구나 타고났다는 것이다. 이 세 가지 요소는 모든 형태의 음악에 존재한다는 사실이 인류학자들에 의해 밝혀졌다. 화음을 감지하는 귀는 이미 우리 몸속에 내장되어 있다. (더 나아가 화음을 둘러싼 맥락이 없다면 불협화음의 의미 역시 상실된다.) 한 줄의 멜로디를 이해하는 것은 복합적인 정신작용인 동시에 코흘리개 아이들조차 할 수 있는 일이다. 우리 인간은 음악적 자질을 타고난 호모 무지쿠스Homo Musicus였다. 그러므로 음악에서의 아름다움을 정의하는 것은 인간 본성에 대한 정의를 수반하는 일이며 인간성과 꾸밈없는 소통의 세계를 되찾는 일이기도 하다……

클라이브 린리의 『아름다움을 다시 생각하다』는 위그모어 홀에서 열린 그의 〈현란한 현을 위한 데르비시 교향곡〉 초연과 동시에 출간되었다. 이 곡은 변화무쌍한 음의 광채를 뿜어내다가 최면에 걸릴 듯한 슬픈 선율이 삽입되는 작품으로, 호평과 혹평을 두루 받으며 그의 명성과 책의 판매를 공고히 했다.

창조적인 측면은 차치하더라도, 교향곡을 작곡한다는 것은 그 자체만으로 이미 고된 육체적 노동이다. 연주의 매 순간을 위해 스무 가지가 넘는 악기의 음들을 일일이 만들어내고, 그 음을 피아노로 쳐보고, 악보에 맞게 고쳐서 다시 연주해보고 또 고친 다음, 조용히 앉아 내면의 귀를 열고는 갈겨쓰고 지우기를 반복한 음들이 수직으로 배열되어 자아내는 관현악 연주를 듣는다. 그리고 박자가 맞을 때까지 거듭 수정해 다시 피아노로 연주한다. 자정 무렵 클라이브는 상행악구를 완성했고 불규칙한 조바꿈 앞에 나올 위대한 오케스트라의 불협화음 부분을 시작하려는 중이었다. 새벽 네시경 장조 부분을 마치자 조바꿈이 불러올 효과와 안개가 걷힐 방식이 정확히 그려졌다.

그는 목표한 만큼 진전한 것에 흡족해하며 피아노 앞에서 일어났다. 그러나 불안은 남아 있었다. 그는 위대한 관현악합주를 이끌고 이제 피날레에 착수해야만 하는 지점에 이르렀다. 이 작업은 창조적 영감 없이는 불가능했다—피날레를 장식할 멜로디는 첫 부분과 유사하고 아주 단순한 형태여야 한다. 대담한 관악독주일 수도 있고 제1바이올린도 나쁘지 않을 것 같다. 그는 작업의 핵심에 도달해 있었고 중압감을 느꼈다. 그는 작업실의 전등을 하나씩 끄고 침실로 내려갔다. 더는 어떤 밑그림도, 아니 한 소절, 심지어 일말의 예감도 남아 있지 않았다. 피아노 앞에 앉아 머리를 쥐어뜯는다 해도 악상은 떠오르지 않을 것이다. 모든 일엔 때가 있는 법이다. 클라이브는 경험상 긴장을 풀고 일보 후퇴하는 것이 최선이라는 걸 알고 있었다. 대신 머리는 깨어 있고 감수성은 열려 있어야 한다. 교외로 나가 오래 걷거나 산행을 떠나야 할까. 그는 산과 너른 하늘이 필요했다. 레이크 디스트릭트* 같은 곳. 이제까지 쓸 만한 아이디어는 놀랍게도 30킬로미터의 산행이 끝나갈 무렵, 마음이 다른 곳에 가 있을 때 떠오르곤 했다.

마침내 잠자리에 든 클라이브는 칠흑 같은 어둠 속에 한동안 누워 있었다. 팽팽한 긴장과 정신노동으로 인한 극도의 초조감이 느껴졌다. 길이가 들쑥날쑥한 원색 막대들이 망막을 질주하더니 꿈틀대며 포개져 햇살 문양을 이루었다. 발은 얼음장 같은데 팔과 가슴은 뜨거웠다. 일에 대한 근심은 어느덧 밤이면 찾아드는 가벼운 공포감으로 바뀌어 있었다. 질병과 죽음 같은 관념적인 것들이 곧 그의 왼손에서도 명확히 느껴졌다. 왼손은 마치 삼십 분쯤 깔고 앉았던 듯 뻣뻣하고 욱신거렸다. 클라이브는 오른손으로 왼손을 주무른 다음 따뜻한 배 위에 올려놓았다. 몰리가 도체스터 근처에서 택시를 부르려고 팔을 들었을 때 느꼈다던 감각이 이런 것이었을까? 그에게는 그를 간호해줄 파트너도, 아내도, 조지도 없었다. 다행인지도 몰랐다. 하지만 달리 무슨 대책이 있을까. 그는 옆으로 돌아누우며 이불을 어깨 위로 끌어올렸다. 요양소가

* 영국 서부의 호수가 많은 지역. 휴가지로 유명하다.

떠오른다. 휴게실의 티브이, 빙고게임, 담뱃진에 전 냄새를 풍기며 오줌과 침을 질질 흘리는 늙은이들. 어떻게 그런 것들을 견뎌낼까. 날이 밝으면 의사를 만나야겠다. 하지만 몰리가 그렇게 했다가 온갖 검사를 받지 않았나. 그들은 너의 몰락을 그럭저럭 관리해줄 수는 있어도 그 몰락을 막지는 못한다. 그러니 멀찌감치서 너 자신이 쇠약해져가는 모습을 주시하라. 그러다가 더는 일을 할 수 없거나 품위 있는 삶이 불가능해졌을 때 스스로 끝을 내라. 하지만 그라고 해서 몰리가 순식간에 도달했던 그 지점을 넘어서지 않을 방법이 있을까. 만약 자살을 시도하지도 못할 만큼 무력해지고 혼란에 빠져 있고, 어리석어진 후라면.

부질없는 생각이야! 클라이브는 일어나 앉으며 침대 머리맡의 등을 더듬어 켜고 잡지 밑에 놓여 있던 수면제를 꺼냈다. 웬만하면 수면제는 피하고 싶었다. 그는 한 알을 천천히 씹어 삼키며 다시 베개에 비스듬히 기댔다. 계속 손을 주무르며 그는 이성을 되찾고 스스로를 위로했다. 손이 추위에 방치돼 있었던 거다. 그뿐이다. 게다가 과로한 상태였다. 그에게 부과된 삶의 의무는 일을 하는 것, 서정미가 극에 달하는 선율을 찾아 교향곡을 완성하는 것이다. 한 시간 전만 해도 그를 침울하게 만들던 일이 이제는 위로가 되었다. 십 분 후 그는 불을 끄고 옆으로 돌아누웠다. 일은 늘 있을 것이다. 레이크 디스트릭트로 산행을 가고 싶다. 매혹적인 이름들이 기분을 진정시켰다. 블리 리그, 하이 스타일, 페이비 아크, 스월 하우. 랭스트래스 밸리를 지나 시냇물을 건너고 스카펠 파이크를 오른 다음 앨런 크랙스를 경유해 집으로 오자. 그에게는 익숙한 코스였다. 성큼성큼 걸어 산등성이에 서면 기운이 솟고 시야가 맑아질 것이다.

독초를 삼켰으니 이제 고통스러운 환상도 없으리라. 이 생각도 긴장을 푸는 데 도움이 되었던지, 화학성분이 뇌에 미치기도 전에 클라이브는 몸을 둥글게 말고 잠이 들었다. 하드노트, 일 벨, 콜드 파이크, 푸어 크래그, 푸어 몰리, 가엾은 몰리……

2부

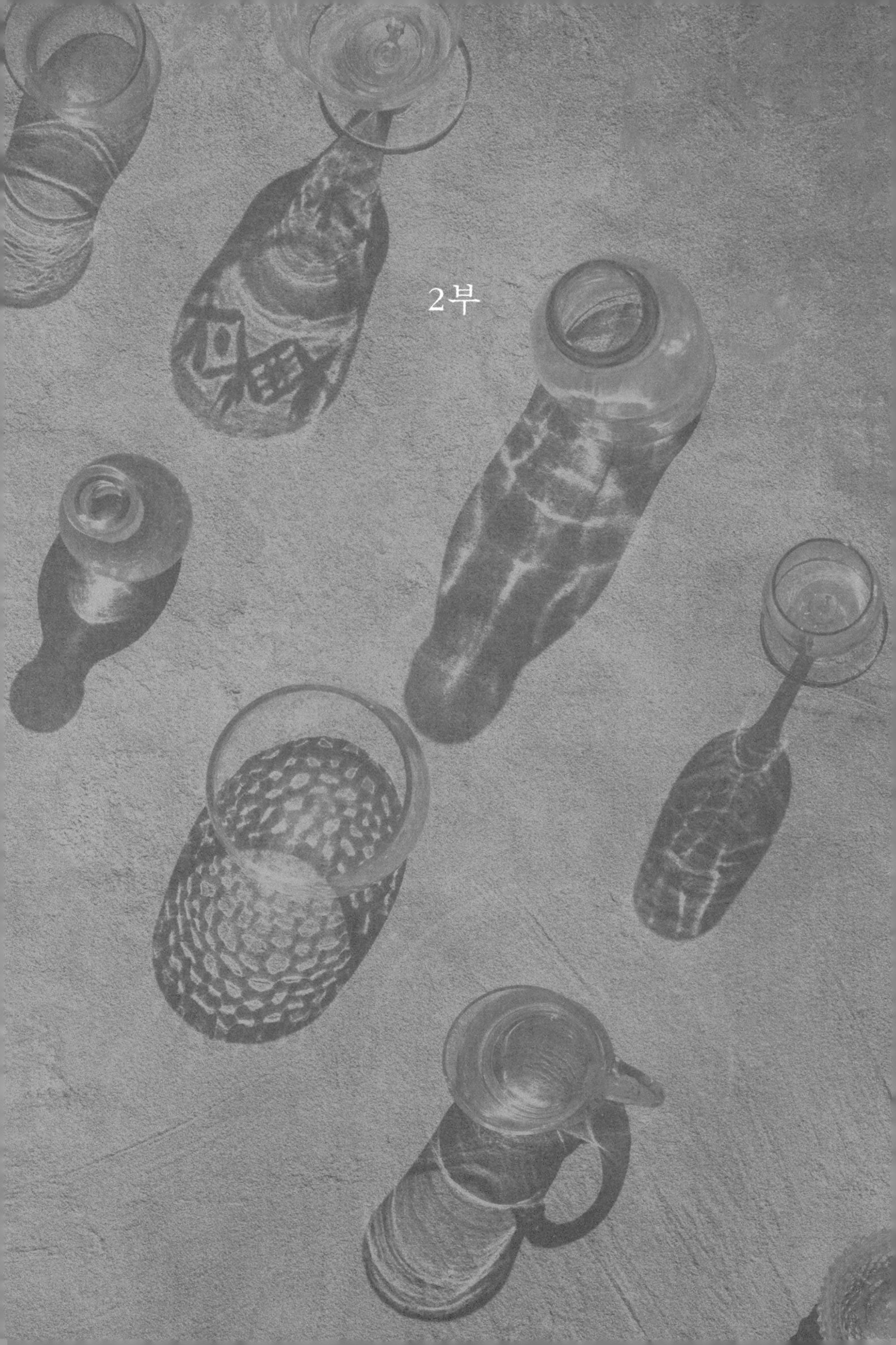

1

오전치고는 드물게 한가한 시간을 보내던 버넌 핼리데이는 문득 자신이 존재하지 않을지도 모른다는 생각이 들었다. 그는 책상 앞에 앉아 삼십 초 동안 손끝으로 부지런히 머리를 어루만지며 걱정을 하고 있었다. 두 시간 전 〈저지Judge〉 사무실에 도착한 후로 그는 사십 명의 직원과 개별적으로 강도 높은 대화를 나누었다. 그저 대화이기만 한 건 아니었다. 두 건을 빼고는 결정을 내리고, 우선순위를 매기고, 기사를 배당하고, 선택하고, 명령이나 다름없는 의견을 제시했다. 평소와 달리, 그는 이런 권한 행사로도 자신의 존재감을 느끼지 못했다. 오히려 한없이 묽어져 자신이 그에게 귀를 기울이던 사람들의 합계에 불과한 것처럼 느껴졌다. 혼자가 되는 순간 그는 아무것도 아니었다. 홀로 무슨 생각을 하려 해도 사고의 주체가 존재하지 않았다. 버넌의 의자는 텅 비어 있었다. 그는 건물 전체에 고루 미세하게 퍼져 있었다. 철자법도 잘 모르지만 오래 버텼던 한 편집기자의 해고를 막아주기 위해 개입하려는 6층의 경제부로부터, 주차공간 할당을 둘러싸고 간부들 사이에 문제가 불거져 편집차장 하나가 사표를 던지기 직전에 와 있는 지하층에 이르기까지. 버넌의 자리가 비어 있는 것은 그가 예루살렘과 하원, 케이프타운과 마닐라 등 전 세계에 바람을 타고 먼지처럼 흩어져 있기 때문이었다. 텔레비전과 라디오에 출연하고, 주교들과 저녁을 먹고, 석유산업체에서 연설을 하거나 유럽연합 전문가들을 위한 세미나를 개최하는 것도 그의 일이었다. 하루에 잠깐씩 혼자 있을 때면 그의 내부 어디선가 불이 깜빡 꺼지곤 했다. 하지만 이로 인한 어둠은 누구를 에워싸지도 방해하지도 않았다. 그는 부재감을 느끼는 것이 자기뿐인지 확신할 수 없었다.

이런 부재감은 몰리의 장례식 이후 더 커져갔다. 그리고 그를 지치게 했다. 간밤에는 잠든 아내 곁에서 눈을 뜨고 자신의 몸이 실체로 남아 있는지 확인하려고 스스로의 얼굴을 더듬어봐야 했다.

만약 버넌이 간부직원 몇 명을 구내식당 구석으로 데려가 그런 심경을 털어놓았다면 그는 오히려 그들의 무덤덤한 반응에 놀랐을 것이다. 버넌은 모난 데 없고 장단점이 없는 사람, 그래서 있어도 없는 듯 없어도 있는 듯한 사람으로 유명했다. 자신을 드러내지 않는 버넌의 이런 존재 방식은 동료들 사이에서는 존경받는 요소였다. 버넌이 〈저지〉의 편집국장이 되기까지의 절묘한 사연은 금융가의 와인바 같은 곳에서 자주 신문쟁이들 입에 오르내렸다. 지금은 업계의 전설이라 해도 과언이 아닌 그 사연이란 이런 것이다. 수년 전 버넌은 두 명의 탁월한 편집국장을 잇달아 모신 차분하고 근면한 기자였으며, 타고난 재주로 사내에 친구도 적도 만들지 않았다. 워싱턴 특파원이 병이 났을 때 버넌에게 파견령이 떨어졌다. 특파원생활 석 달째에 독일 대사를 위한 만찬에서 한 의원이 버넌을 〈워싱턴 포스트〉의 기자로 착각하고 대통령의 무분별한 행동을 귀띔해주었다—미 대통령이 국민의 세금으로 모근 이식을 했다는 것이었다. 미국 정계를 일주일 넘도록 휩쓸었던 '대머리 게이트'를 폭로한 자는 〈저지〉의 버넌 핼리데이였다는 게 업계의 정설이다.

한편 버넌이 런던으로 돌아왔을 때, 능력 있는 편집국장이 사사건건 끼어들기 좋아하는 이사진과의 피비린내나는 전투에 패해 물러날 판국이었다. 버넌이 본국으로 돌아온 시점은 공교롭게도 주주들의 이해관계가 얽힌 갑작스러운 재편 시기와 맞아떨어졌다. 무대에는 거물들의 잘려나간 팔다리와 몸통이 나뒹굴고 있었다. 이사회가 지지했던 잭 모비는 이 권위 있는 신문의 판매부수를 늘리는 데 실패했다. 남은 후보는 버넌뿐이었다.

그렇게 버넌은 지금의 자리에 앉아 굼뜬 손길로 두피를 꾹꾹 누르고 있는 것이다. 최근 들어 버넌은 자신이 지금껏 비존재성과 더불어 사는 방법을 터득해왔다는 사실을 깨달았다. 이제 기억조차 희미할 만큼 사라져가는 어떤 대상—자기 자신—을 마냥 애도할 수만도 없었다. 이 모든 게 걱정에 불과했지만, 며칠 동안 사라지지 않고 계속되더니 이제는 신체적인 증상까지 나타났다. 두개골과 뇌를 포함해 우뇌 전체를 덮고 있는 뭐라 표현할 수 없는 느낌이었다. 멈추고 나서야 비로소 존재를 깨닫게 되는 어떤 소리처럼, 의식하지 못할 만큼 오래 몸에 배어 있던 감각이 돌연 사라진 것일 수도 있었다. 그는 증상이 시작된 순간을 정확히 알고 있었고—어제 저녁식사를 마치고 일어난 다음이었다—아침에 잠에서 깼을 때도 정체불명의 이 느낌은 여전히 남아 있었다. 몸이 추운 것도 근육이 땅기는 것도 마비된 것도 아닌, 그 사이쯤 되는 듯한 무엇이었다. 어쩌면 이 감각을 표현할 단어는 죽음일지 모른다. 그의 오른쪽 뇌는 죽어 있었다. 살면서 숱한 죽음을 지켜보았던 버넌은 현재의 해리상태에서라면 자신의 죽음도 서서히 특별할 것 없는 일상으로 바라볼 수 있었다—매장이나 화장이 경황없이 진행될 테고, 슬픔이 북받쳐오르다가 일상으로 돌아가면 곧 누그러질 것이다. 그는 이미 죽은 것인지도 몰랐다. 어쩌면 이 모든 증상을 해결하는 데는 중간 크기의 망치로 옆머리를 두어 방 세게 쳐주는 것이 즉효 아닐까, 하는 느낌이 강하게 들었다. 버넌이 책상 서랍을 열자 철제 자가 들어 있었다. 앞선 세 사람에 이어 〈저지〉의 곤두박질치는 판매실적을 역전시키는 데 실패했던 4대 편집국장 모비가 남기고 간 것이었다. 버넌 핼리데이는 같은 길을 밟지 않으려 노력하고 있었다. 그가 철자를 오른쪽 귀 뒤로 몇 센티미터 쳐들었을 때 열어둔 문에서 노크 소리가 났다. 비서인 진이 들어서자, 별수없이 버넌은 철자로 머리를 내리치려던 동작을 급히 바꿔 생각에 잠겨 긁적이는 척했다.

"오늘 편집회의 목록입니다. 이십 분 남았습니다." 진은 자료 한 장을 꺼내 버넌에게 넘겨주고 나머지는 회의 테이블에 남겨둔 채 밖으로 나갔다.

버넌은 목록을 훑어보았다. 국제면에는 디븐이 〈가머니, 워싱턴에서 승리를 거두다〉란 기사를 작성중이었다. 이런 건 회의적이거나 적대적으로 다뤄야 할 주제다. 진정한 승리였다면 굳이 1면에 실을 이유가 없다. 국내면에는 마침내 웨일스의 모 대학에서 발명한 반중력 기계에 대한 과학부 부장의 기사가 있었다. 독자들이 솔깃할 소재라 버넌은 벌써부터 그를 재촉하며 신발 밑창에 묶고 다닐 장치를 어렴풋이 상상해온 터였다. 그러나 실제로 기계의 무게는 4톤에 달했으며 1회 작동시 9만 볼트의 전력이 필요해 실용화는 불가능한 것으로 밝혀졌다. 그럼에도 여하간 그 기사를 1면 하단에 배치할 예정이었다. 국내면에는 '피아노 사중주단'이라는 제목으로 한 피아니스트의 집에서 네 쌍둥이가 태어났다는 기사도 있었다. 편집 부국장과 기획취재부는 물론 국내부 편집위원 전체가 이 기사를 두고 버넌과 맞서며 자신들의 까칠한 속내를 감춘 채 사실주의라는 허울을 내세웠다. 요즘에는 넷으로 충분치 않은데다가, 별로 예쁘지도 않으면서 언론과의 인터뷰를 상당히 꺼리는 그런 엄마는 처음 보았다는 것이었다. 버넌은 편집국장의 힘으로 그들을 제압해야 했다. 지난달 ABC협회가 집계한 독자 수는 그 전달에 비해 7천 명이나 감소했다. 〈저지〉는 꾸물댈 시간이 없었다. 버넌은 엉덩이가 붙은 채 태어난 샴쌍둥이의 스토리를 실을지 여전히 고민중이었다. 그들은 한쪽의 심장이 약해 분리수술을 받을 수 없었고, 지방정부가 그들의 고용을 책임졌다. "우리 신문을 구하려면," 버넌이 매일 아침 편집회의 때마다 즐겨 하는 말이었다. "모두 손을 더럽힐 각오를 해야 합니다." 모두가 고개를 끄덕이는 시늉만 할 뿐 동의하지 않았다. 늙은 '문법가'들의 눈에 〈저지〉의 존립은 오로지 지적 고결성에 달려 있었다. 그들이 이러한 관점에 안주하는 이유는, 버넌의 전임자들을 제외하고 〈저지〉에서 해고된 사람이 단 한 명도 없기 때문이었다.

각 취재부의 부장들과 차장들이 모여들기 시작할 무렵, 진이 버넌에게 전화를 받으라고 손짓했다. 그녀가 입을 벙긋거리며 이름을 알리는 것으로 보아 급한 전화 같았다. 조지 레인이라고 그녀의 입술이 말했다.

버넌은 회의실을 나왔다. 장례식에서 레인을 피했던 일이 떠올랐다. "조지, 굉장히 마음을 울리는 장례식이었어. 안 그래도 한번 들르려고……"

"알았네, 됐고. 입수한 게 있는데 자네가 봐야 할 것 같네."

"뭔데 그래?"

"사진이야."

"퀵서비스로 보내지 왜?"

"절대 안 돼, 버넌. 특급 기밀이야. 자네가 지금 이리로 올 수 없겠나?"

버넌이 조지 레인을 경멸하는 이유는 몰리 때문만이 아니었다. 조지 레인은 〈저지〉 지분의 1.5퍼센트를 소유하고 있었고, 잭 모비의 퇴사와 버넌의 승진으로 마무리된 신문사의 구도 개편에 돈을 썼다. 조지는 버넌이 자신에게 빚을 지고 있다고 생각했다. 게다가 조지는 신문에 대해서 통 아는 게 없었다. 그러니 중앙일간지 편집국장이 오전 열한시 반에 아무렇지 않게 사무실을 비우고 런던시를 가로질러 홀랜드파크까지 올 수 있다고 믿는 것이다.

"지금은 꼼짝 못해." 버넌이 말했다.

"굉장한 걸 준다니까 그러네. 〈뉴스 오브 더 월드〉* 같은 데서는 목숨

* 영국 최대의 일요신문.

이라도 걸 일이야."

"오늘밤 아홉시 이후에나 갈 수 있어."

"그럼 그때 보든가." 조지가 발끈하며 전화를 끊었다.

그새 버넌의 자리를 제외한 회의석이 모두 채워졌고 그가 앉자 두런거리던 소리가 멈췄다. 버넌은 관자놀이 주변을 만졌다. 다시 일로 돌아와 동료들 사이에 있으니 내면의 부재 따위는 문제가 되지 않았다. 전날 신문이 앞에 펼쳐져 있었다. 정적에 가까운 고요함 속에서 그가 물었다. "환경논설 정리한 사람 누구야?"

"팻 레드패스입니다."

"우리 신문은 hopefully로 시작하는 문장을 쓰지 않아. 과거에도 앞으로도. 더구나 논설에서 말이 돼? 그리고 none 말인데……" 그는 기사를 검토하는 체하며 극적인 효과를 살리려고 말을 끌었다. "none 뒤에는 단수동사가 나온다고 몇 번 말해? 이 두 가지 다들 좀 숙지할 수 없어?"

회의석은 반색하는 분위기였다. 이건 문법가 양반들의 구미에 맞는 말이었다. 그들은 문장만 깔끔하다면 신문이야 망하든 말든 나 몰라라 할 부류들이었다.

일단 문법가들의 입을 막아놓은 후 버넌은 속도를 냈다. 버넌이 이뤄낸 조촐한 성공적 개혁 중 하나는, 아마 지금까지 유일한 것이기도 할 텐데, 몇 가지 사소한 규칙을 정해 편집회의를 사십 분에서 십오 분으로 단축시킨 것이다. 지난 일에 대해 오 분 이상 끌지 않기(지난 일은 지난 일이다), 농담 금지, 무엇보다 에피소드를 꺼내지 말 것. 버넌 스스로 규칙을 깨지 않았으므로 다른 이들도 따를 수밖에 없었다. 국제면을 펼친 버넌은 인상을 찡그렸다. "앙카라의 도기 파편 전시회? 이걸 뉴스라고 올렸어? 팔백 단어로? 대체 뭘 하자는 거지, 프랭크?"

국제부 차장 프랭크 디븐이 조롱기 섞인 말투로 설명했다. "왜요, 국장님. 초기 페르시아제국의 영향력을 이해하는 데 있어서 근본적인 패러다임의 변화를 반영하고 있는……"

"깨진 단지에 담긴 패러다임의 변화는 뉴스감이 아니야."

버넌 옆에 앉아 있던 부국장 그랜트 맥도널드가 조용히 말을 잘랐다. "실은, 줄리가 로마에서 기사를 전송하지 않아서요. 구멍난 기사를 메우려다보니……"

"뭐야, 또! 이번엔 또 뭐래?"

"C형간염이요."

"그럼, AP통신 쪽은?"

디븐이 한마디했다. "우리 게 더 나아요."

"아니래도! 이래서 신문 볼 맛 나겠어? 〈타임스 리터러리 서플먼트〉도 이런 기사는 싣지 않아."

회의는 당일 목록으로 넘어갔다. 각 부서장들이 돌아가며 해당 기사들을 요약했다. 프랭크의 차례가 되자 그는 가머니 기사를 1면에 싣자고 우겼다.

버넌은 그의 말을 끝까지 경청한 후 말했다. "원래 브뤼셀에 있어야 할 사람이 지금 워싱턴에 가 있어. 가머니는 독일인의 등뒤에서 미국인들과 협정을 맺었다고. 단기적으로 보면 성과고 장기적으로는 제 무덤을 파는 꼴이야. 내무장관 시절에도 못 봐주겠더니 외무장관인 지금은 더해. 그자가 총리가 되는 날엔—그 가능성이 점점 높아지는 것 같은

데—나라를 요절내고 말 걸세."

"맞는 말씀입니다." 프랭크가 동의했지만, 그 부드러운 목소리 속에는 앙카라 기사를 핀잔맞은 데 대한 앙금이 숨어 있었다. "국장님, 그건 논설기사에서 수차 하신 말씀입니다. 중요한 건 협정에 대한 우리의 동의 여부가 아니라, 협정 자체의 중요성이죠."

버넌은 프랭크를 해고시킬까 고민중이었다. 저 녀석 무슨 꿍꿍이지?

"맞는 말이네, 프랭크." 버넌이 진심으로 말했다. "우리는 유럽에 속해 있어. 미국인들은 우리가 유럽인이기를 원하고. 두 나라의 관계는 특별한 역사가 있어. 이 협정은 의미가 없네. 기사는 뒷면으로 돌려. 동시에 우린 가머니 조이기를 계속하는 거야."

이어 스포츠부 부장의 발표를 들었다. 버넌은 최근 예술과 책 지면을 축소하고 스포츠면을 두 배로 늘렸다. 다음은 기획취재부 부장 레티스 오하라의 차례였다.

"웨일스의 고아원 기사를 계속 다뤄도 좋은지 알고 싶은데요."

버넌이 말했다. "방명록을 봤어. 거물들이 많더군. 일이 꼬이면 소송 비용을 뭘로 감당해."

레티스는 안심한 듯 자신이 취재한 네덜란드 의료계 스캔들을 다룬 폭로성 기사로 넘어갔다.

"안락사 허용법을 교묘히 이용하는 의사들이 있는 것 같은데……"

버넌이 말허리를 잘랐다.

"금요일자에 샴쌍둥이 기사를 싣지."

일제히 못 먹을 걸 삼킨 얼굴이었다. 하지만 먼저 매맞길 자청할 사람이 있을까.

레티스가 나섰다. "사진도 없는데요."

"그럼 오후에 미들즈브러로 사람을 보내." 불만에 찬 침묵이 이어졌다. 버넌은 말을 이었다. "그 쌍둥이는 '미래를 위한 설계'라는 지방정부 위생과에서 일한다고. 이건 거저먹는 기사란 말이야."

국내부 부장 제러미 볼이 말했다. "지난주에 통화했을 땐 오케이했어요. 그런데 어제 다시 전화가 왔더라고요. 그게, 다른 쪽 반이요. 다른 머리 말입니다. 자기는 인터뷰할 마음이 없답니다. 사진도 찍기 싫고요."

"맙소사!" 버넌이 소리쳤다. "아직도 모르겠어? 그게 다 기삿감이잖아. 걔네들 다툰 거네. 사람들이 제일 궁금해하는 게 뭐겠어? 바로 둘이 싸움이라도 나면 어떻게 해결하나, 그거 아닌가?"

레티스가 어두운 표정으로 말했다. "물어뜯은 자국이 있겠네요. 양쪽 뺨에."

"그렇지!" 버넌이 외쳤다. "거기까지 생각한 사람은 없을 거야. 제발 금요일에 내자고. 3면에. 자, 다음으로 넘어가지. 레티스. 8페이지짜리 체스 특별판 말인데, 솔직히 말해 난 별로야."

2

버넌이 다시 혼자가 된 건 그로부터 세 시간이 더 흐른 후였다. 그는 화장실에서 거울을 들여다보며 손을 씻고 있었다. 거울에 비친 자신의 모습을 보면서도 존재한다는 확신이 들지 않았다. 감각 혹은 무감각이 꽉 끼는 모자처럼 여전히 오른쪽 머리를 옥죄었다. 손가락으로 두피를 천천히 더듬어가면 확실히 나뉘는 부분이 있었다. 경계선을 기준으로 왼쪽은 반대편과 달랐지만 그럼에도 그 그림자나 영혼 같은 느낌이었다.

버넌이 핸드드라이어에 손을 말리고 있을 때 프랭크가 들어왔다. 버넌은 이 후배가 자신에게 용건이 있어 따라온 것임을 알아챘다. 남자 기자들은 으레 편집국장이 있는 자리에서는 맘놓고 소변을 못 본다는 것, 적어도 꺼린다는 것을 경험상 알기 때문이었다.

"저기요, 국장님." 프랭크가 변기 앞에 서서 말했다. "오늘 아침엔 죄송했습니다. 가머니 건은 국장님이 전적으로 옳아요. 제가 앞뒤 못 가렸습니다."

버넌은 핸드드라이어에서 몸을 돌려 국제부 차장이 볼일 보는 모습과 마주하는 대신, 다시 뜨거운 바람에 손을 말렸다. 프랭크 디븐은 콸콸, 소리도 요란스레 오줌을 누고 있었다. 그래, 버넌이 누군가를 해고한다면 그건 프랭크가 될 것이다. 그는 지금 정력을 과시하듯 어쩐지 길다 싶게 몸을 털며 버넌에게 사과를 계속해댔다.

"전, 가머니에게 지면을 너무 할애하지 않는다는 국장님 방침에 전적으로 동감입니다."

카시우스*가 배가 고프시군, 버넌은 생각했다. 놈은 부서에서 우두머리가 될 것이고, 이어 내 자리를 가로채려 할 테지.

프랭크가 세면대로 다가왔다. 버넌은 용서한다는 뜻으로 그의 어깨 위에 가볍게 손을 얹었다.

"괜찮네, 프랭크. 난 회의실에서는 반대의견을 더 환영하는 편이지. 그게 회의의 목적 아니겠나."

"그렇게 말씀해주시니 고맙습니다, 버넌 국장님. 전 단지 국장님이 제가 가머니를 너무 물렁하게 다룬다고 여기지 않으셨으면 해요."

서로의 이름까지 부르며 친하게 얘기를 주고받을 무렵 대화는 끝이 났다. 버넌은 상대를 안심시키듯 가벼운 미소를 지어 보이며 복도로 나섰다. 문가에서 진이 서명할 우편물을 한 묶음 들고 기다리고 있었다.

---

* 브루투스와 함께 카이사르를 암살한 로마의 군인.

그녀 뒤에는 제러미 볼이, 그 뒤로는 총무국장인 토니 몬태노가 있었다. 그리고 버넌은 보지 못한 누군가가 그 뒤로 다가와 섰다. 편집국장은 사무실로 향하는 길에 우편물들에 사인을 하며 진이 정리해주는 주간 일정에 귀를 기울였다. 버넌을 따라 대열이 움직였다. 제러미 볼이 말했다. "미들즈브러 사진 말입니다. 장애인올림픽 때 같은 말썽은 피하고 싶습니다. 전 되도록 무난한 쪽으로 가는 것이……"

"제러미, 난 눈에 확 띄는 사진이 좋아. 그 사람들은 같은 주에 만날 수 없어, 진. 그건 아닌 것 같은데. 그 사람은 목요일로 해둬."

"전 빅토리아풍의 숭고한 느낌을 생각했는데요. 고상한 인물사진 말입니다."

"그는 앙골라로 갈 겁니다. 국장님을 잠깐 뵙고 바로 히스로공항으로 떠날 예정이랍니다."

"핼리데이 씨?"

"난 고상한 사진 관심 없네. 부고란에 실을 사진이라도. 서로에게 낸 잇자국을 보여주도록 구슬려보란 말이야. 알았어, 떠나기 전에 잠깐 만나지. 토니, 또 주차 건인가요?"

"이미 사표를 쓴 것 같아요."

"무슨 방법이 있지 않겠어요?"

"우린 할 만큼 했어요. 관리부장이 자기 주차 자리를 3천 파운드에 내놨더군요."

"선정주의라는 비난에 휘말릴 위험은 없을까요?"

"여기 두 곳에 사인해주세요, 제가 표시해둔 곳에는 이니셜로 쓰시고요."

"그럴 염려 없네, 제러미. 그건 기회야. 토니, 관리부장은 차도 없던데요."

"핼리데이 씨?"

"그래도 엄연히 그 사람 자리예요."

"그 사람한테 500 내줘요. 이게 다야, 진?"

"그건 준비가 안 돼 있는데요."

"주교들에게 보낼 감사편지는 지금 타이핑중입니다."

"둘이 통화하는 사진은 어떨까요?"

"실례지만, 핼리데이 씨 맞으십니까?"

"너무 약해. 눈길을 끄는 사진이라야 돼. 손을 더럽힐 시점이라니까, 잊었어? 이봐요, 총무국장. 차를 댈 것도 아니면 자리를 빼는 게 낫잖아요."

"지난번처럼 파업에 들어갈걸요. 그때처럼 단말기들이 전부 멈춰버릴 겁니다."

"좋아요, 토니, 그 문제는 일임하겠어요. 500파운드를 주든지, 단말기를 멈추든지."

"사진부에서 사람을 불러서……"

"그럴 거 없어. 곧장 미들즈브러로 보내."

"핼리데이 씨? 버넌 핼리데이 씨 맞습니까?"

"누구시죠?"

분주히 대화를 주고받던 일행이 멈춰 서고 상의 단추를 턱밑까지 채운 검은 양복 차림의 사내가 다가왔다. 대머리에 마른 남자였다. 그는 버넌의 팔꿈치를 툭 치더니 들고 있던 봉투를 넘겨주었다. 그리고 다리를 벌리고 서서 양손으로 종이 한 장을 받쳐들고 연설투의 딱딱한 목소리로 읽어내려갔다. "상기 법원이 위임한 집행 관리의 권한으로 본인은 버넌 시어볼드 핼리데이에게 법원의 명령을 다음과 같이 알리는 바이다. 거주지 런던 NW1 더 룩스 13번지, 신문사 〈저지〉의 편집국장 버넌 핼리데이는 이하 '자료'라고 칭해지는 금기된 자료를 간행할 수도, 대리 간행시킬 수도 없으며 전자매체를 비롯한 어떤 경로로도 유포하거나 인쇄할 수 없다. 또한 이 명령의 내용을 활자화하거나 기술하는 것 역시 금지한다. 상술한 자료라 함은……"

마른 남자는 더듬더듬 종이를 넘겼다. 편집국장 버넌과 비서, 국내부 부장, 국제부 차장과 총무국장은 집행관 쪽으로 몸을 기울인 채 이어질 내용을 기다리고 있었다.

"……사진술을 이용한 모든 복제물과 판화, 스케치, 채색화를 비롯, 이와 유사한 경로를 통한 복제물의 변형까지 포함한다. 이는 거주지 칼턴 가든스 1번지,* 존 줄리언 가머니의 외관을 연상시키는……"

"가머니!"

일시에 탄성이 터졌다. 두 치수는 작은 듯한 양복을 껴입은 홀쭉한 남자의 수사학적 기교가 넘치는 마지막 문구는 웅성거림 속으로 사라졌다. 버넌은 자신의 사무실로 걸음을 옮겼다. 그야말로 포괄적인 규정이었다. 그러나 그들은 가머니에 관한 어떤 자료도 갖고 있지 않았다. 버넌은 사무실로 들어가 발로 차듯 문을 닫고 전화기의 다이얼을 눌렀다.

* 외무장관의 공관이 위치하는 곳.

"조지, 가머니의 사진을 갖고 있는 거지?"

"이리로 오기 전까진 아무 말 못하네."

"가머니가 벌써 법원에 가처분신청을 해놨더군."

"굉장한 거라고 그랬잖나. 대중의 관심을 사로잡을 논쟁거리라면, 자네가 봐야 하지 않겠어?"

버넌이 전화를 끊기 무섭게 개인 전용회선이 울렸다. 클라이브 린리였다. 장례식 이후 처음이었다.

"긴히 할 말이 있어."

"클라이브, 아무래도 타이밍을 잘못 맞춘 것 같은데."

"아니, 전화 말고. 만났으면 해. 중요한 문제야. 오늘 저녁 퇴근 후 어떤가?"

옛친구의 목소리에 절박함이 묻어나 버넌은 쉽게 거절할 수 없었다. 그럼에도 냉정하게 물리치려는 중이었다.

"오늘 정말 눈코 뜰 새가 없는……"

"오래 걸리지 않을 거야. 중요해, 정말 중요하다고."

"알았어, 오늘 저녁에 조지 레인을 만나는데, 가는 길에 들르지."

"버넌, 역시 자네밖에 없어."

버넌은 전화를 끊고 나서 잠시 클라이브의 태도를 곱씹어보았다. 밀어붙이는 품이 침울하면서도 어쩐지 깍듯이 예의를 차리고 있었다. 뭔가 심각한 일이 생긴 게 분명했다. 버넌은 야박하게 응한 자신의 태도가 마음에 걸렸다. 버넌이 두번째로 결혼생활의 파국을 맞았을 때 클라이브는 진정한 친구의 모습을 보여주었고, 다들 시간 낭비라고 생각할 때도 그는 버넌이 편집국장의 길을 걷도록 용기를 북돋워주었다. 사 년

전, 버넌이 척추에 생긴 희귀한 바이러스성 감염으로 앓아누웠을 때도 클라이브는 하루가 멀다 하고 책이며 음반, 비디오테이프와 샴페인을 들고 찾아왔다. 그뿐 아니라 1987년 버넌이 일자리 없이 수개월을 무위도식할 때는 만 파운드를 빌려주었다. 이 년 후 버넌은 우연히 그 돈은 클라이브가 은행에서 대출받은 것이라는 사실을 알게 되었다. 그런 친구가 지금 그를 필요로 하는데 자신은 개새끼처럼 행동하고 있는 것이다.

버넌은 클라이브에게 다시 전화를 걸어보았지만 받지 않았다. 재다이얼을 누르려는데 총무국장이 신문사 법률고문을 데리고 들어왔다.

"가머니에 관해 뭔가 입수하고도 우리한테 입다문 거 아네요?"

"절대 아니에요, 토니. 가머니가 그렇게 패닉상태인 걸 보면 확실히 뭔가가 돌고는 있는 게 분명합니다. 다른 신문사에도 가처분신청이 내려졌는지 누가 좀 알아봐야겠어요."

법률고문이 말했다. "알아봤어요. 우리 말고는 없습니다."

토니가 미심쩍은 듯 바라보았다. "그런데 국장님은 아는 바 없으시다?"

"글쎄 전혀 없다니까요. 마른하늘에 날벼락이라더니."

의심을 떨치지 못한 이런 식의 질문이 두어 차례 더 나왔고 버넌의 부정도 뒤따랐다.

사무실을 나서며 토니가 말했다. "설마 우리 모르게 혼자 일내는 건 아니죠?"

"나 몰라요?" 버넌이 눈을 찡긋하며 말했다. 두 사람이 나가자마자 버넌은 전화통을 붙잡았다. 그가 클라이브의 번호를 누르기 시작했을 때 비서실에서 시끄러운 소리가 들려왔다. 문이 활짝 열리며 한 여자가 달려들어왔다. 뒤따라 들어온 진은 눈짓으로 편집국장에게 힌트를 주느라 눈동자가 천장에 걸릴 지경이었다. 여자는 울먹이며 버넌의 책상 앞에 섰다. 그녀의 손에는 구겨진 편지가 쥐어져 있었다. 난독증에 걸린 편집자였다. 그녀가 하는 말은 도무지 알아듣기 힘들었지만 반복되는 한마디만은 분명했다.

"국장님은 제 편이라고 하셨잖아요. 약속했잖아요!"

그때까지만 해도 버넌은 알지 못했다. 그녀가 사무실로 쳐들어오기 직전의 그 짧은 순간이 그날 밤 아홉시 반 신문사 사옥을 떠나기 전까지 자신이 마지막으로 혼자 있을 수 있는 시간이었음을.

3

몰리는 클라이브의 집에서 가장 마음에 드는 점은 그가 그곳에 오래 살아온 거라고 말하곤 했었다. 1970년, 동년배의 친구들이 아직 임대주택에 살고 눅눅한 지하층의 아파트나마 장만하려면 수년을 기다려야 했을 무렵, 클라이브는 자식이 없는 부유한 삼촌으로부터 치장벽토로 장식된 거대한 저택을 상속받았다. 저택은 3층과 4층을 터서 스튜디오로 활용할 수 있게 설계돼 있었고, 북쪽으로 난 거대한 아치형 창문 밖에는 물매지붕들이 줄줄이 내려다보였다. 클라이브는 시대와 자신의 나이에 맞게—당시 그는 스물한 살이었다—외벽을 자주색으로 칠하고 집안은 대개 뮤지션 친구들로 채웠다. 적잖은 유명인사들이 이 집을 거쳐갔다. 존 레넌과 오노 요코는 일주일을 머물렀다. 지미 헨드릭스는 하룻밤을 보냈는데 아마도 그가 계단 난간을 태워먹은 화재의 장본인일 것이다. 십여 년이 흐르자 집은 고요해졌다. 친구들은 여전히 이곳에 머물지만 하루이틀 밤이 고작이고 이제 복도에서 뒹굴며 자는 사람은 아무도 없었다. 치장벽토는 크림색으로 복원됐다. 버넌은 일 년간 더부살이를 했고, 몰리는 여름 한 철을 보냈다. 그랜드피아노를 스튜디오로 올리고, 서가를 꾸미고, 누더기 양탄자 위에 오리엔트식 러그를 깔고, 빅토리아풍의 다양한 가구를 들였다. 낡은 매트리스 몇 개를 빼면 집에서 나간 것은 거의 없었다. 아마 몰리는 그 점을 좋아했던 것 같다. 왜냐하면 이 집은 한 성인의 변화하는 취향과 사그라진 열정과 늘어난 부를 기록해놓은 역사였으니까. 초창기 울워스*에서 구입한 나이프와 스푼, 포크가 고급 앤티크 은식기 세트와 함께 부엌의 싱크대 서랍에 그대로 남아 있었다. 영국과 덴마크 인상주의 화가들의 유화 곁에는 클라이브가 성공을 거뒀던 초기의 음악회 포스터나 셰이 스타디움의 비틀스 공연, 밥 딜런의 와이트섬 페스티벌, 롤링 스톤스의 앨터몬트 공연 같은 유명 록 콘서트의 빛바랜 포스터들이 나란히 걸려 있었다. 그중 몇 가지는 유화보다 값이 나갔다.

80년대 초, 이곳은 젊고 부유한 작곡가의 집이 되었다—클라이브가 데이브 스필러 감독의 히트작 〈달나라 크리스마스〉의 영화음악을 작곡해 큰 성공을 거두었기 때문이다. 어떤 위엄이(기분이 좋을 때는 그렇게 보였다) 어두운 천장에서 흘러나와 덩치 큰 소파나 로츠 로드에서 하나씩 사들인 고물과 골동품 사이 어디쯤에 있는 물건들 위에 내려앉는 것 같았다. 손이 잰 가정부를 들인 후부터 기품 있는 분위기는

* 저렴한 생활용품을 판매하는 잡화점.

더욱 짙어졌다. 원래 영 고물은 아닌 물건들인지라 먼지를 닦고 광택을 내면 어느덧 골동품처럼 보였다. 마지막으로 머물던 사람들이 떠나자 집에는 일할 만한 고요가 생겼다. 클라이브는 수년 동안 아이 없는 두 번의 결혼생활을 허둥지둥 치러냈고 큰 상처 없이 헤어졌다. 그와 가깝던 세 명의 여자는 모두 외국에 살았다. 요즘 사귀는 수지 마셀런은 뉴욕에 살고, 이곳에 와도 오래 머무는 법이 없었다. 세월이 흐르고 성공을 쌓아가며 클라이브는 더 높은 성취를 향해 삶의 범위를 좁혀왔다. 그는 사생활에 그리 무게를 두지는 않았으나 자신의 프라이버시는 지키려는 편이었다. 인물 기사 전문기자들과 사진기자들은 최근에 초대하지 않았다. 친구들과 연인들 틈에서, 혹은 파티중에 불현듯 떠오른 첫 악상을 옮겨쓰거나 곡 한 편을 통째로 작곡하는 것도 옛일이었다. 열린 집은 더이상 존재하지 않았다.

그래도 버넌은 여전히 이 집을 방문할 때마다 가볍게 설레곤 했다. 여기는 그가 성인이 될 때까지 많은 시간을 보낸 곳이며 여자친구들과의 감미로운 추억, 다양한 마약에 취해 보낸 즐거웠던 밤, 후미진 구석 좁은 침실에서 밤을 새워 일하던 기억이 남아 있는 곳이기 때문이었다. 타자기와 카본지를 쓰던 날들로 회귀하는 기분이랄까. 택시에서 내려 현관 계단을 오르는 지금 이 순간도 근래에 드물었던 순수한 두근거림, 무슨 일이든 일어날 수 있다는 예감이 어렴풋이 그를 감쌌다.

문을 열어준 클라이브에게서 새삼스러운 고민이나 위기의 징후는 느낄 수 없었다. 두 친구는 현관에서 가볍게 껴안았다.

"냉장고에 샴페인 넣어뒀어."

클라이브가 샴페인 병과 잔 두 개를 가져오고, 버넌은 그를 따라 계단을 올라갔다. 집안이 공기가 고인 듯 갑갑했다. 버넌은 클라이브가 하루이틀 문밖을 나서지 않았으리라 짐작했다. 반쯤 열린 문틈으로 너저분한 침실이 들여다보였다. 클라이브는 이따금 일에 열중해 있을 때면 가정부를 오지 못하게 하곤 했다. 작업실 모양새를 보니 이번에도 그런 게 분명했다. 바닥은 오선지로 덮여 있고 지저분한 접시와 컵, 와인잔이 피아노와 키보드, 클라이브가 가끔 관현악 작곡에 이용하는 미디* 주위에 널려 있었다. 공기는 여러 번 들이켰다 내쉰 듯 탁하고 눅눅했다.

"못 치워서 미안하네."

그들은 함께 안락의자에서 책이며 신문을 걷어내고 앉아 샴페인을 마시며 가볍게 대화를 시작했다. 클라이브는 버넌에게 몰리의 장례식 날 가머니와 마주친 이야기를 했다.

"외무장관이 정말 '꺼지라고!' 그러더란 말이야?" 버넌이 물었다. "우리 신문 가십난에 실어도 될 뻔했는걸."

"그렇다니까. 하지만 사람들 입에 오르지 않게 조심하는 중이야."

가머니 얘기가 나오자 버넌은 그날 오전 조지 레인과 두 차례 통화한 내용을 알려주었다. 평소 같으면 관심을 보일 만한 얘기였음에도 클라이브는 사진과 가처분신청에 전혀 호기심을 보이지 않았고 버넌의 말을 듣는 둥 마는 둥 했다. 버넌의 얘기가 끝나자마자 클라이브는 자리에서 일어나 잔을 채웠다. 화제의 전환을 암시하는 무거운 침묵이 흘렀다. 클라이브는 잔을 놓고 왼손 손바닥을 부드럽게 주무르며 작업실의 반대편 끝으로 갔다가 돌아왔다.

---

* 전자적인 음악장치들을 서로 연결해주는 인터페이스.

"몰리 생각을 해봤어." 클라이브가 드디어 입을 열었다. "몰리가 어떻게 죽었는지, 병세의 급진전과 그녀의 무력함에 대해서. 몰리가 제정신이었다면 그런 식으로 죽어가는 걸 얼마나 끔찍하게 여겼을까. 그 얘기는 우리도 벌써 몇 차례나 나눴지."

클라이브는 잠시 말을 멈췄다. 버넌은 샴페인을 마시며 기다렸다.

"그러니까, 요점은 이거야. 요즘 들어 나도 어쩐지 겁이 나……" 클라이브는 버넌의 주의를 끌려고 목소리를 높였다. "아무것도 아닐 수도 있지. 한밤중에 식은땀을 흘리다가도 날이 밝으면 하잘것없게 느껴지는 그런 것들 있잖아. 그런 걸 말하자는 건 아니야. 확실히 별거 아니겠지만, 자네에게 물어본다고 해될 건 없다고 생각했어. 내가 심각한 병에 걸린다고 해보자고. 몰리처럼 말이야. 그래서 악화일로를 걸으면서 끔찍한 실수를 자꾸 저지르게 된다면, 뭐 있잖아, 판단력이 떨어지고, 사물의 이름도, 내가 누군지조차 모르는 그런 상황. 그럴 때 누군가 나를 도와 끝을 내줄 사람이 있는지…… 내가 죽을 수 있게 도와줄 사람 말이야. 특히 내가 스스로 결단을 내리거나 손을 쓸 수 없는 시점에 이르렀을 때라면 더 그래. 그러니까, 결국 내 말은 가장 오래된 벗인 자네에게 부탁한다는 거네. 자네가 봐서 달리 방법이 없다고 여겨지는 그런 순간이 오면 나를 도와줘. 할 수만 있었다면 우리가 몰리를 위해서 했을 바로 그런 식으로……"

클라이브는 말끝을 흐렸다. 술을 마시다 얼어붙은 사람처럼 잔을 든 채 그를 응시하는 버넌의 모습은 적잖이 당황스러워 보였다. 클라이브는 요란하게 헛기침을 했다.

"상식 밖의 부탁이란 거 아네. 게다가 우리 나라에서는 불법이라는 것도. 자네를 범법자로 만들고 싶은 생각은 없어. 물론 자네가 들어준다는 전제하에서 말인데, 그럴 수 있는 방법과 그걸 허용하는 나라가 있어. 때가 되면 나를 비행기에 태워 그곳으로 날아가줘. 이건 자네처럼 가까운 친구에게만 부탁할 수 있는, 책임이 무거운 일이야. 요즘 심란하다고 그냥 해보는 말이 아니네. 오래 숙고한 일이라고."

버넌이 여전히 입을 다물고 쳐다보기만 하자 클라이브는 멋쩍어 이렇게 덧붙였다. "그러니까, 이런 얘기였네."

버넌은 잔을 놓고 머리를 긁적이며 일어섰다.

"자네가 겁을 먹은 이유에 대해서는 말하고 싶지 않은 거지?"

"그래, 절대로."

버넌은 시계를 보았다. 조지와의 약속에 늦었다. 그가 말했다. "좋아, 생각해보지. 간단한 부탁은 아니군. 이 자리에서 결정할 문제가 아니야."

클라이브가 고개를 끄덕였다. 버넌이 문을 열고 먼저 계단으로 내려갔다. 현관에서 그들은 다시 가볍게 포옹했다. 클라이브가 문을 열자 버넌은 밤의 어둠 속으로 걸어나갔다.

"시간을 두고 생각해봐야겠어."

"그래야지. 와줘서 고맙네."

두 남자 모두 그 부탁의 의미와 내밀함, 우정에 대한 의식적인 자각이 순간 그들 사이를 불편하리만큼 좁혀놓았다는 것을 알았다. 더이상 아무 말도 덧붙이지 않고 헤어지는 게 최선이었다. 버넌은 택시를 잡기 위해 서둘러 거리로 나갔고, 클라이브는 계단을 되올라 피아노 앞으로 갔다.

4

조지 레인은 홀랜드파크에 있는 자신의 저택 문을 손수 열어주었다.

"늦었군."

버넌은 조지가 신문사 사주로서 편집국장을 호출한 것이라 여겼기에 사과는 물론 대답마저 생략하고 집주인을 따라 환한 복도를 지나 거실로 들어섰다. 다행히 몰리를 떠올릴 만한 물건은 하나도 없었다. 거실은 언젠가 몰리에게서 들은 대로 버킹엄궁전 스타일로 꾸며져 있었다. 두꺼운 겨자색 양탄자와 큼지막한 더스티핑크색 소파, 포도덩굴 무늬로 돋을새김 장식이 되어 있고 팔걸이는 소용돌이꼴로 마무리한 안락의자, 초원을 달리는 경주마가 그려진 갈색 톤의 유화, 묵직한 금박 액자에 담긴 프라고나르의 그네 타는 목가적인 여인들이 그려진 복제품들. 그리고, 래커칠을 한 황동램프가 비추는, 그 모든 번드르한 허허로움. 조지는 석탄을 때는 듯한 효과를 준 가스 벽난로를 둘러싼 육중한 대리석 곁으로 다가서다가 돌아섰다.

"포트와인 한잔하겠나?"

버넌은 그제야 점심에 치즈와 양상추가 들어간 샌드위치를 먹은 뒤로는 아무것도 먹지 않았음을 깨달았다. 조지의 거들먹거리는 태도는 왜 이렇게 꼴불견일까? 평상복 위에 저 실크가운은 또 뭐고? 한마디로 어이없는 인간이다.

"그러지."

쉿쉿거리는 벽난로를 사이에 두고 그들은 거의 6미터가량 떨어져 앉았다. 삼십 초만이라도 혼자 있을 수 있다면 벽난로 스크린으로 기어가 오른쪽 머리를 찧어버릴 수도 있겠다고 버넌은 생각했다. 곁에 누가 있어도 두통은 나아지지 않았다.

"신문의 판매부수 통계를 봤네." 조지가 진지하게 말했다. "한심하더군."

"하락률은 완만해지고 있어." 기계적으로 튀어나온 그 대답은 버넌의 만트라이기도 했다.

"어쨌거나 계속 하락세더군."

"하루아침에 판도가 바뀔 리 없지 않은가." 버넌은 포트와인의 맛을 보며 조지가 보유한 〈저지〉의 주식이 고작 1.5퍼센트에 불과하다는 것, 그리고 그가 신문에 문외한이라는 사실을 떠올림으로써 주눅들지 않도록 자신을 다잡았다. 그리고 조지의 재산, 그의 출판 '왕국'이란 것이 머저리들의 호주머니를 털어내 이룬 것이라는 사실을 떠올리는 것도 도움이 되었다. 성경에 숨겨진 숫자암호는 미래를 예언한다. 잉카

제국은 외계인들이 건설한 나라였다. 성배, 계약의 궤, 재림, 제3의 눈, 제7의 봉인, 히틀러는 페루에서 건강하게 살고 있다더라. 조지에게서 상식 있는 얘기를 기대하는 것은 무리였다.

"내 보기에 지금이 크게 한 방 터뜨려줄 시점이야." 조지가 말했다. "독자들을 확 끌어오고 경쟁 신문들이 어떻게든 뒤처지지 않으려고 악착같이 따라올 그런 거 말이지."

판매부수가 떨어지는 걸 막을 길은 판매부수를 올리는 것뿐이었다. 그러나 버넌은 무덤덤한 표정으로 일관했다. 그렇게 조지가 천천히 사진 얘기로 접어드는 중이라는 걸 알기 때문이었다.

버넌은 조지가 본론으로 들어가는 걸 돕기 위해 운을 뗐다. "금요일자에 지방정부에서 일하는 삼쌍둥이……"

"흥!"

효과가 있었다. 조지가 갑자기 벌떡 일어섰다.

"버넌, 그것도 기사라고. 그런 시답잖은 거 말고 진짜 기사가 뭔지 내가 보여주지. 줄리언 가머니가 왜 이 법원에서 저 법원으로 꽁지에 불붙은 것처럼 뛰어다니는지 알려주겠다고! 따라오게!"

그들은 현관으로 돌아가 부엌을 지나고 좁은 복도를 따라 걸었다. 복도 끝에서 조지가 원통형 자물쇠가 걸린 문을 열었다. 조지의 복잡한 결혼생활 규칙 중에는 몰리가 그녀의 손님들과 소유물을 별채 밖으로 내보내지 않는다는 조항이 있었다. 몰리는 오랜 벗들이 조지의 거드름 피우는 꼴을 보며 웃음을 참는 광경을 보지 않아도 되니 편했고, 조지는 조지대로 분별없이 파도처럼 밀어닥치는 몰리의 손님들이 객실 여럿을 집어삼키는 상황을 피할 수 있어 좋았다. 버넌은 몰리가 사용하던 별채를 여러 번 방문했지만 늘 외부 출입구를 통해서였다. 조지가 문을 미는 순간 버넌은 긴장했다. 너무나 갑작스러운 느낌이었다. 그는 조지의 구역에서 사진들을 봤으면 했다.

희미한 어둠 속에서 조지가 잠시 전등 스위치를 더듬어 찾는 동안 버넌은 처음으로 몰리의 죽음이 의미하는 바를 경험했다—그녀는 명백히 존재하지 않았다. 몰리의 향수, 담배, 그녀의 침실에 있던 마른 꽃, 커피콩, 세탁한 옷에서 풍기던 따뜻한 빵 냄새—이미 잊어가던 익숙한 냄새들이 의식을 일깨웠다. 그는 몰리에 대해 충분히 얘기했고, 그녀와의 추억을 떠올리기도 했지만 어디까지나 복잡한 업무중이나 잠자리에 들 무렵 잠깐씩뿐이었다. 지금까지는 몰리를 사무치게 그리워하지도, 그녀를 다시는 보지도 듣지도 못하리라는 사실에 가슴 아파하지도 않았다. 몰리는 그의 친구였다. 평생의 가장 좋은 친구였을지도 모른다. 그런 그녀가 가고 없었다. 그는 조지 앞에서 바보 같은 모습을 보일 것만 같았다. 벌써부터 눈앞이 흐려져 조지의 윤곽이 희미해 보였다. 뒷골이, 입천장 안쪽이 아프도록 싸하게 조이는 듯한 이런 슬픔은 초등학교 이후로 처음이었다. 몰리가 그리웠다. 그는 요란한 헛기침 뒤로 자기연민에서 비롯된 탄식을 감추었다.

방은 몰리가 남기고 간 그대로였다. 몰리가 결국 본채의 침실로 옮겨져 감금된 신세나 다름없이 조지의 간호를 받기 시작한 바로 그날과 똑같았다. 욕실을 지나칠 때 버넌은 얼핏 수건걸이에 걸린 몰리의 낮익은 치마와 바닥에 널브러진 수건, 브래지어를 보았다. 이십오 년여 전 몰리와 버넌은 뤼 드 센에 있는 옥탑에서 일 년쯤 동거한 적이 있었다. 바닥에는 늘 젖은 수건이 나뒹굴었고, 늘 열려 있던 서랍에서는 그녀의 속옷이 폭포처럼 쏟아져나올 기세였다. 커다란 다리미판은 접히는 적 없이 한자리를 차지했으며 비좁은 장롱에 든 옷들은 지하철의 승객들처럼 따닥따닥 어깨를 붙인 채 눌려 있었다. 잡지, 화장품, 은행거래내역서, 진주목걸이, 꽃, 슬립, 재떨이, 초대장, 탐폰, 레코드판, 비행기표, 하이힐…… 몰리의 물건으로 덮이지 않은 바닥은 한 뼘도 찾을 수 없었으므로 버넌은 집에서 일해야 할 때면 일감을 들고 길거리 카페에 가서 글을 썼다. 그럼에도 매일 아침 몰리는 마치 보티첼리의 비너스처럼 너저분한 조개껍데기 속에서 싱그러운 모습으로 빠져나와서는 당연히 알몸이 아닌 세련된 차림으로 파리의 〈보그〉 사무실로 출근했다.

"이쪽이네." 조지가 말하며 먼저 거실로 들어섰다. 의자에는 커다란 누런 봉투가 놓여 있었다. 조지가 봉투를 가지러 가는 틈을 이용해 버넌은 주위를 돌아보았다. 바닥에는 이탈리아식 정원에 관한 책이 뒤표지가 보이게 놓여 있었고, 낮은 탁자 위에는 곰팡이가 파랗게 낀 와인잔 세 개가 있었다. 어쩌면 그중 하나는 버넌이 마신 잔인지도 몰랐다. 그는 여기를 마지막으로 왔던 게 언제인지 기억해보려 했지만 모든 것이 희미했다. 몰리가 본채로 옮기는 것에 대해서는 오랫동안 이야기가 오갔다. 일단 가면 돌아올 수 없다는 걸 알고 있었기에 몰리는 두려워하며 버텼다. 대안은 요양원이었다. 버넌과 다른 친구들은 홀랜드파크에 머물라고 그녀에게 조언했다. 아무래도 익숙한 환경이 나으리라는 믿음에서였다. 얼마나 잘못된 판단이었던가! 아무리 엄격한 요양원이더라도 조지의 보호하에 있는 것보다는 자유로웠을 것이다.

조지는 버넌에게 의자에 앉으라는 손짓을 하고는 그 순간을 음미하듯 봉투에서 천천히 사진을 꺼냈다. 버넌은 아직 몰리 생각에 잠겨 있었다. 몰리는 가끔 의식이 돌아올 때면, 친구들이 자신을 버렸다고 느끼기도 했을까? 조지가 막는 바람에 못 온다는 사실은 모르는 채. 몰리가 친구들을 원망했다면 분명 버넌에게도 저주를 퍼부었으리라.

조지가 사진을 얹어 무릎 위에 올려놓았다. 25×20센티 크기의 사진 세 장이었다. 그는 버넌의 침묵을 조바심에 말문이 막힌 것으로 여기며 즐겼다. 조지는 고통스럽다는 듯 느릿느릿 진지하게 말을 꺼냈다.

"한 가지 해둘 말이 있네. 몰리가 왜 이걸 찍었는지는 모르겠지만 한 가지는 확실하지. 즉 가머니의 동의 없이는 불가능했으리란 점이야. 가머니가 렌즈를 똑바로 바라보고 있거든. 저작권은 몰리에게 있었고, 이제 그 권리는 그녀의 유일한 법적 상속인인 내게 있어. 당연히 〈저지〉에서는 사진의 출처를 비밀에 부쳐주리라 믿네만."

그는 맨 위의 사진을 들어 버넌에게 건넸다. 처음에 사진은 빛나는 흑백 음영 이상의 어떤 느낌도 주지 못했다. 그러나 버넌은 곧 그것이 근거리에서 촬영한 인물사진임을 알아보았다. 눈을 의심하게 되는 광경이었다. 그는 손을 뻗어 다른 사진을 집었다. 여백 없이 화면을 꽉 채우는 전신사진. 이어 세번째는 무릎 위까지 찍은 사진이었다. 버넌은 처음 사진으로 되돌아갔고 잡념은 일시에 사라졌다. 그리고 다시 두번째, 세번째 사진을 찬찬히 훑어보았다. 자세히 보니 파노라마 같은 세 장의 사진은 제각기 독특한 느낌이 있었다. 처음에는 충격에, 뒤이어 뱃속으로부터 끓어오르는 듯 격한 흥분에 휩싸였다. 감정을 억누르느라 의자에서 몸이 붕 떠오르는 것만 같았다. 다음으로 느껴지는 건 막중한 책임감이었다—아니, 권력이라고 해야 하나? 한 인간의 인생, 아니 적어도 경력이 그의 손아귀에 있었다. 누가 알겠는가, 버넌이 신문의 판매부수는 물론 나라의 미래를 더 나은 방향으로 전환시킬 수 있는 위치에 있을지.

"조지." 버넌이 드디어 입을 열었다. "이 문제는 매우 신중하게 검토할 필요가 있겠어."

5

반시간 후 버넌은 봉투를 들고 조지의 저택을 나왔다. 그리고 택시를 세우고서 운전사에게 미터기를 켠 채 길가에 잠시 서 있자고 부탁했다. 그대로 택시 뒷좌석에 몇 분간 앉아 자동차 엔진 소리에 마음을 가라앉히며 손으로 오른쪽 머리를 눌렀다. 그리고 어떻게 할 것인지 고민하다가 결국 사우스켄싱턴으로 가자고 했다.

클라이브의 작업실에 불이 켜져 있었지만 버넌은 벨을 누르지 않았다. 계단 꼭대기에서 그는 메모를 갈겨썼다. 가정부의 눈에 먼저 띌 가능성이 높으므로 내용은 모호하게 만들었다. 버넌은 메모지를 두 번 접어 현관문 아래 틈으로 집어넣은 후 대기중인 택시로 서둘러 돌아갔다.

좋아, 단 조건이 있어. 자네도 날 위해 똑같이 해주게. V.

3부

1

클라이브의 예상대로 런던에, 작업실에 머무는 한 멜로디는 손에 잡히지 않았다. 간단한 소곡이나 대범한 화음 등 매일 새로운 시도를 거듭해봤지만, 정도의 차이가 있을 뿐 기존의 자기 작품을 그럴듯하게 바꿔 인용한 것에 불과했다. 독창성을 보증할 만한 경이로운 요소 같은 건 전혀 떠오르지 않았다. 매일 이런 시도에 지쳐 포기한 후면 클라이브는 관현악 편성을 다시 손보거나 악보의 어지러운 부분들을 정리하고 느린 박자로 연주되는 도입부 마이너 코드의 연결화음을 다듬는 등, 가볍고 단조로운 일들을 했다. 팔 일에 걸쳐 약속이 무려 셋이나 있던 탓에 레이크 디스트릭트로 떠날 수도 없었다. 먼저 몇 달 전부터 참석하겠노라 약속한 기금 모금 만찬이 있었고, 라디오 방송국에서 일하는 조카의 얼굴을 세워주느라 오 분간 인터뷰를 하기로 했다. 근처의 학교에서 열리는 학생 작곡경연대회의 심사도 마지못해 승낙했다. 게다가 버넌까지 만나자고 하는 바람에 레이크 디스트릭트행은 연거푸 다른 날로 미룰 수밖에 없었다.

이즈음 한가할 때면 클라이브는 지도를 들여다보거나 액상 왁스로 등산화를 닦고 장비를 점검했다—겨울 등반에 장비 점검은 필수였다. 예술가의 자유로운 영혼을 담보로 모든 책임을 벗어버릴 수도 있었지만, 그런 식의 오만은 질색이었다. 클라이브의 친구들 중에는 필요할 때마다 천재라는 으뜸패를 내세우며 여차하면 약속장소에 나타나지 않는 부류가 있었다. 그들의 부재로 인해 어떤 불상사가 벌어진다 해도 그건 단지 직업 성격상 불가피한 일이며 그런 연출이 사람들로 하여금 그들이 부여받은 소명을 더욱 우러러보게 할 뿐이라고 믿었다. 이들은—그중에서도 소설가가 최악이다—친구와 가족들에게조차 작업시간뿐 아니라 조는 시간, 산책시간을 비롯하여 침묵하는 매 순간과 우울증과 만취상태가 모조리 변명의 여지가 있는, 고도의 목적을 담은 행위라는 믿음을 주려고 집요하게 애쓴다. 클라이브가 보기에 그건 평범함을 감추려는 제스처에 불과했다. 그 역시 예술의 숭고함을 의심치 않았지만 부당한 행동은 예술의 일부가 아니었다. 한 세기에 한두 명 정도 예외는 있을 수 있다. 베토벤 같은 사람 말이다. 하지만 딜런 토머스? 아니올시다.

클라이브는 누구에게도 일이 교착상태에 빠져 있다는 것을 알리지 않았다. 대신 가벼운 등반을 다녀올 예정이라고 말했다. 사실 그 스스로도 난관에 봉착했다고 여기지는 않았다. 일을 하다보면 힘들 때도 있는 법이고, 그럴 땐 축적된 경험상 본인이 가장 잘하는 것이라고 판단

되는 일을 해야만 했다. 그래서 그는 런던에 머물며 만찬에 참석했고, 인터뷰에 응했으며, 경연대회 심사를 했다. 그리고 난생처음 버넌과 심하게 다퉜다. 3월의 첫날이 되어서야 그는 유스턴역에 도착해 펜리스행 기차에서 비어 있는 일등석 객실을 하나 찾아냈다.

클라이브는 장거리 기차여행을 즐겼다. 차분한 기차의 리듬에 몸을 맡기면 머릿속이 정리되기 때문이었다—버넌과의 언쟁 이후 그에게 필요했던 게 바로 이것이었다. 그러나 객실에 편안히 자리를 잡기가 의외로 수월치 않았다. 먼저 칙칙한 플랫폼을 따라 걷는데 별안간 한쪽 다리가 다른 편보다 길어지기라도 한 듯 걸음걸이가 삐걱거렸다. 자리에 앉아 구두를 벗어보니 시꺼먼 껌 조각이 납작 들러붙어 지그재그로 골이 팬 신발 밑창에 단단히 박혀 있었다. 기차가 움직이기 시작할 때까지도 그는 역겨움에 윗입술이 삐죽 올라간 채 주머니칼로 껌을 쑤시고 자르고 긁어냈다. 먼지 더께를 떼어내니 아직 분홍색이 남아 있는 껌의 속살이 드러났다. 희미하지만 분명하게 박하향이 풍겨왔다. 낯선 사람의 입에서 나온 이물질이 이토록 딱 달라붙어 있다는 사실이 정말 역겨웠다. 씹던 껌을 선 자리에서 내뱉는 사람들의 바닥 모를 무례함이란! 클라이브는 손을 씻고 돌아와 잠시 절망에 가까운 심정으로 독서용 안경을 찾아보았다. 안경은 옆자리에 있었지만 만년필을 집에 두고 왔음을 알게 되었다. 창밖을 내다보는데 새삼 세상이 싫었다. 차창 밖으로 스쳐가는 인위적인 풍경에서 보이는 건 흉물스럽고 의미 없는 행위뿐이었다.

웨스트런던의 한 모퉁이에서 하루하루 작업에 열중해 있는 동안 클라이브는 문명이 디자인, 요리, 잘 숙성된 와인 등을 포함한 모든 예술의 종합이란 사실을 쉽게 긍정할 수 있었다. 하지만 지금은 눈앞에 보이는 이 풍경이야말로 문명의 실체인 듯했다—케이블티브이 안테나와 위성안테나를 지탱하는 것이 존재의 목적인 초라한 현대식 주택단지, 텔레비전 광고에 나오는 허섭스레기를 생산하는 공장들과 거기서 나온 물건들을 유통시킬 목적으로 을씨년스러운 주차장에 줄 서 있는 화물트럭들. 어느 곳에나 거리와 교통지옥이 있었다. 마치 떠들썩한 파티가 끝난 다음날 아침 같았다. 이렇게 되기를 원한 사람도, 그래도 되겠느냐고 질문받은 사람도 없었다. 계획한 사람도 원한 사람도 없건만 대개의 사람들은 그 안에서 살아야 했다. 누가 수킬로미터씩 이어지는 이런 풍경을 보며 선량함이나 상상력이, 혹은 퍼셀이나 브리튼,* 셰익스피어나 밀턴이 한때 이 세상에 존재했다고 짐작이나 할 수 있을까? 기차가 속력을 내며 런던을 빠져나가자 간간이 시골 풍경이 나타났고, 그와 더불어 태초의 아름다움 혹은 그와 얽힌 기억이 펼쳐졌다. 그러나 몇 초 후 콘크리트 수문이 가로놓인 강이나 울타리, 나무조차 없는 황량한 농경지가 불쑥 나타나면서 이내 아름다움은 사라지고 말았다. 그리고 도로들, 새로운 도로들은 중요한 것은 모두 다른 곳에 있다는 듯, 끝도 부끄러움도 없이 멀리 뻗어갔다. 지구상에 존재하는 다른 모든 생물들의 번영이라는 관점에서 본다면 인간사는 실수를 넘어 그 시작부터가 오류였다.

누군가에게 책임을 돌리자면, 그건 버넌이었다. 전에도 클라이브가 종종 여행하던 노선이었지만 이렇게 삭막한 느낌을 받은 적은 없었다.

---

* 각각 17세기 말 영국의 작곡가 헨리 퍼셀, 20세기 초 영국의 작곡가 에드워드 벤저민 브리튼.

모든 걸 껌 탓으로, 두고 온 만년필 탓으로 돌릴 수는 없었다. 전날 저녁 버넌과 벌인 언쟁이 아직도 귓전에 울렸다. 그는 혹시 이 메아리가 산까지 쫓아와 그의 평화를 망칠까 염려스러웠다. 여전히 그의 곁을 맴도는 건 티격태격하던 소리만이 아니었다. 친구의 행동에서 비롯된 실망감이 커져가며 자신은 여태껏 버넌을 전혀 몰랐던 게 아닐까 하는 의혹이 갈수록 강해졌다. 클라이브는 창가에서 시선을 거두었다. 돌이켜보니, 그가 정말 가까운 사이가 아니면 하지 못할 특별한 부탁을 한 것이 불과 한 주 전이었다. 얼마나 큰 실수였던가! 특히나 왼손의 이상한 느낌이 말끔히 사라진 지금에 와서 보면 더더욱 그러하다. 그건 몰리의 장례식이 불러일으킨 어리석은 불안일 뿐이었던 것을. 죽음에 대한 두려움으로 인해 간혹 찾아오는 순간적인 발작에 불과했던 것을. 그날 밤 클라이브는 너무 예민해져 있었다. 버넌 역시 그에게 같은 부탁을 했다는 사실은 위로가 되지 못했다. 버넌이 한 거라곤 갈겨쓴 쪽지 한 장을 문틈에 틀어박은 것이 전부였다. 어쩌면 그것은 일종의 뭐랄까…… 언제나 두 사람의 우정을 지배하던 전형적인 불균형의 상징인지도 몰랐다. 클라이브의 마음 한구석에 늘 자리해왔지만, 그런 쓸데없는 생각을 하는 자신이 싫어 한사코 떨쳐내려던 느낌. 지금까지는. 그렇다, 곰곰이 생각해보면 두 사람의 우정은 분명 한편으로 기울어 있었고, 어제저녁 같은 의견대립도 그리 놀랄 게 없었다.

예를 들어, 오래전 일이지만 버넌이 일 년 가까이 방세 한푼 내지 않고 클라이브의 집에 얹혀살던 시절이 있었다. 그뿐인가. 수년 동안 음악을 포함한 모든 방면에서 오락거리를 제공한 사람은 말할 것도 없이 버넌이 아니라 클라이브였다. 와인, 요리, 집, 뮤지션들과 유쾌한 친구들을 만나고, 스코틀랜드와 그리스 북부의 산악지대, 롱아일랜드 해변에서 재미있는 사람들과 별장을 빌려 지냈던 것도 클라이브 덕분이었다. 언제 버넌 쪽에서 그럴듯한 유희를 제안하거나 마련해본 적이 있던가? 버넌의 집에 마지막으로 초대받았던 게 언제였나? 아마 삼사 년은 됐지 싶다. 버넌의 어려운 처지를 눈치채고 은행에서 거금을 빌려준 이면에는 자신의 우정어린 결단이 있었는데, 어째서 버넌은 고맙다는 인사 한번 제대로 없을까? 버넌이 척추 바이러스염에 걸렸을 때 클라이브는 하루가 멀다 하고 병문안을 갔었다. 클라이브가 집 앞 보도에서 미끄러져 발목이 부러졌을 때 버넌은 비서를 시켜 책 한 보따리를 보냈을 뿐이다. 〈저지〉에 게재되는 서평을 쓰고 남은 책들이었다.

툭 터놓고 말해 두 사람 사이의 우정을 통해 클라이브 자신이 얻은 게 뭐란 말인가? 베풀기만 했지 돌려받은 게 있을까? 두 사람을 연결하는 건 무엇이었나? 그들은 몰리를 공유했고 수년 동안 우정을 쌓아왔지만, 속 빈 강정이었다. 적어도 클라이브 입장에서는 그랬다. 너그러이 보자면, 이 불균형은 버넌의 수동적이고 일에 몰두하는 성향 때문이라고 할 수도 있다. 하지만 어젯밤 이후로 클라이브는 이런 성향도 보다 큰 문제의 일부분에 불과하다는 쪽으로 마음이 기울었다—버넌은 원칙이 결여된 사람이었다.

어느덧 차창 밖으로 낙엽수림이 스쳐갔다. 아직 가지에 눈을 인 나무들이 겨울 특유의 기하학적인 무늬를 드러내며 은빛으로 반짝였다. 조금 더 가다보니 물살이 느린 강이 누런 사초를 끼고 흘렀고, 범람원 너머 언 목초지를 따라 돌담장이 둘려 있었다. 황폐해진 광활한 공업지대는 퇴락한 변두리 마을을 경계로 다시 숲으로 탈바꿈하고 있었다. 플라스틱통에 든 묘목들이 거의 지평선까지 늘어서 있었고 불도저들은 거기서 표토를 뿌렸다. 클라이브는 맞은편의 빈자리를 응시하며 머리에 쥐가 나도록 사회적 관계의 손익분기점을 따지다가 자책감에 빠졌고, 자기도 모르게 불행의 프리즘을 통해 과거를 굴절시키고 물들이고 있었다. 때때로 다른 생각도 하고 한동안 책을 읽기도 했지만 북쪽으로 떠나는 이번 여행의 테마는 바로 이것, 우정에 대한 전반적이고 상세한 재정의였다.

몇 시간 후 펜리스에 도착하자 가지를 치던 상념으로부터 벗어나 마음이 홀가분했다. 클라이브는 가방을 메고 택시를 잡을 요량으로 플랫폼을 따라 걸었다. 스톤스웨이트까지는 30킬로미터가 넘는 길이었지만, 택시 안에서 기사와 잡담을 나누며 긴장을 풀 수 있어 유쾌했다. 주중인데다 휴가철이 아니라 클라이브가 호텔의 유일한 투숙객이었다. 그는 전에 서너 번 묵은 적이 있는 방을 요청했다. 이곳에서 유일하게 일할 수 있는 책상이 딸린 방이었다. 추웠지만 그는 창문을 활짝 열었다. 짐을 풀며 겨울 호숫가 특유의 토탄이 서린 물, 젖은 바위, 이끼 덮인 흙 내음이 섞인 공기를 마시고 싶어서였다. 클라이브는 먹이를 덮치려는 듯 웅크린 자세로 유리진열장에 갇힌 박제 여우의 사나운 눈초리를 받으며 호텔바에서 혼자 저녁을 먹었다. 주차장 주변을 따라 칠흑 같은 어둠 속을 얼마 동안 거닐고는, 다시 호텔로 들어와 종업원에게 잘 자라는 인사를 하고 그가 묵을 좁은 방으로 돌아갔다. 한 시간쯤 책을 보다가 어둠 속에 누워 있자니 불어난 계곡의 물소리가 요란하게 들려왔다. 클라이브는 자신이 어느새 같은 주제로 돌아가고 있으며 이 생각을 다음날 산행에까지 끌고 가느니 차라리 지금 끝장을 보는 게

나오리라는 걸 알고 있었다. 그를 괴롭히는 것은 환멸이 아니었다. 그의 머릿속에는 기억 속 대화뿐 아니라 그 이상의 무언가가 있었다—무슨 말을 나눴는지, 지금 돌이켜보면 버넌에게 무슨 말을 했어야 했는지. 그건 회상인 동시에 환상이었다. 그는 자신에게만 명대사가 주어진 한 편의 드라마를 연출하고 있었다. 애수어린 통찰이 담긴 힐난의 대사들은 간결하고 감정이 절제돼 있기에 더욱 가차없고 반박의 여지가 없었다.

2

실제로 일어난 일은 다음과 같다. 오전 늦게 버넌이 전화를 걸어왔다. 버넌은 클라이브가 한 주 전에 썼던 것과 유사한 표현을 사용했다. 똑같이 되갚아줄 요량으로 장난전화를 걸어 일부러 했던 말을 따라하는 것처럼. 버넌은 말했다. 매우 급한 일이다, 전화로는 안 되니 만나야 한다, 얘기를 해야 한다, 오늘 안으로.

클라이브는 망설였다. 그날 오후 펜리스행 기차를 탈 작정이었으나 그는 말했다. "좋아, 그럼 집으로 와. 저녁을 준비할 테니."

클라이브는 여행 계획을 바꾸고 지하실에서 부르고뉴 와인 두 병을 올려다놓은 다음 요리를 했다. 버넌은 한 시간쯤 후에 도착했다. 그를 보고 클라이브가 처음 한 생각은 버넌이 여위었다는 것이었다. 면도하지 않은 얼굴은 핼쑥했고 외투는 남의 옷을 입은 듯 커 보였다. 서류가

방을 내려놓고 와인잔을 드는 버넌의 손은 떨리고 있었다.

버넌은 샹베르탱 클로 드 베즈를 맥주 마시듯 단숨에 들이켠 후 말했다. "끔찍한 한 주였어. 정말 징글징글한 한 주였다고." 버넌은 다시 채우라는 듯 잔을 내밀었다. 클라이브는 리슈부르로 시작하지 않은 게 다행이라고 여기며 와인을 따랐다.

"오늘 오전 세 시간을 법정에서 실랑이한 끝에 우리가 승소했어. 그게 다면 좋게. 직원들 전부가, 거의 다가 내게 반대해. 신문사가 발칵 뒤집혔어. 오늘 신문이 나온 것만 해도 기적이지. 노조회의가 소집됐으니까 나에 대한 불신임안을 통과시킬 게 뻔해. 경영진과 이사회는 내 편이니 그나마 다행이랄까. 목숨을 건 싸움이라고."

클라이브가 의자 쪽을 가리키자 버넌은 털썩 주저앉더니 식탁에 팔꿈치를 괴고 얼굴을 감싸며 앓는 소리를 했다. "망할 자식들. 염병할 신문과 저희들 꼴같잖은 일자리를 구하려는 줄도 모르고. 관사 하나 틀리느니 신문사를 통째로 내놓겠다고 할 놈들이야. 뜬구름이나 잡는 자식들이라니까. 굶어죽어도 싼 놈들." 클라이브는 버넌의 말을 도통 이해할 수 없었지만 아무 대꾸도 하지 않았다. 버넌의 잔이 다시 비었다. 클라이브는 잔을 채워주고 돌아서서 오븐 안에서 작은 닭 두 마리를 꺼냈다. 버넌이 서류가방을 무릎 위로 올렸다. 가방을 열기 전에 그는 깊게 숨을 고르고 샹베르탱 한 모금을 더 마셨다. 버넌은 잠금장치를 열고 잠시 주저하다가 가라앉은 음성으로 말했다.

"클라이브, 난 이 일에 대한 자네의 의견을 듣고 싶네. 자네가 개인적으로 관련되어 있거나 뭔가 아는 내용이기 때문은 아냐. 자네처럼 사업적 이해관계가 없는 제삼자의 견해가 필요해서 그래. 이러다 미치

겠……"

마지막 말을 삼키며 버넌은 서류가방을 열고 마분지를 덧댄 큼지막한 봉투를 내보이더니, 봉투에서 세 장의 흑백사진을 꺼냈다. 클라이브는 소스팬의 불을 끄고 앉았다. 버넌이 그에게 넘겨준 첫 장은 줄리언 가머니가 수수한 7부 길이의 원피스를 입고 모델처럼 캣워크를 하는 포즈를 취한 사진이었다. 두 팔을 약간 벌리고, 무릎을 살짝 구부린 채 한 발을 다른 발 앞에 놓은 자세. 원피스 안의 가슴 패드는 작았고 한쪽 브래지어 끈이 살짝 보였다. 화장을 하긴 했지만 진하진 않았다. 창백한 안색이 나름 잘 어울렸고, 인정머리 없어 보이는 얇은 입술은 립스틱 덕에 제법 육감적으로 보였다. 머리는 짧고 곱슬곱슬하고 앞가르마를 탄 그의 머리 그대로였다. 이런 그의 외모는 가꾼 듯 방탕해 보였고 설핏 백치미마저 풍겼다. 사진은 재미삼아 입어봤다거나 카메라 앞에서 잠깐 포즈를 취해본 거라고 넘길 성질이 아니었다. 그것은 한 남자가 성적으로 흥분한 상태에서 드러낸 아슬아슬한 자아도취의 표현이었다. 카메라 렌즈를 똑바로 쳐다보는 시선에는 노골적인 유혹이 담겨 있었다. 빛의 처리가 부드러운, 잘 찍은 사진이었다.

"몰리." 클라이브는 혼잣말처럼 말했다.

"한눈에 알아보는군." 버넌이 말했다. 그는 굶주린 눈빛으로 클라이브를 바라보며 반응을 기다렸다. 클라이브는 사진에서 눈을 떼지 않았다. 자신의 생각을 드러내고 싶지 않기 때문이기도 했다. 사진을 보는 순간 그는 우선 안도감을 느꼈다. 몰리의 수수께끼가 풀렸다. 그녀를 가머니에게로 이끈 건 바로 이거였다—비밀스러운 사생활, 그의 약점. 신뢰감이 그 두 사람을 강하게 결속시켰을 것이다. 그리운 몰리. 창의적이고 끼가 넘치던 몰리는 가머니에게 끊임없이 자극을 주고 그를 하원이 채워줄 수 없던 꿈의 세계로 데려갔을 테고, 가머니는 몰리가 신뢰할 만한 사람임을 알았을 것이다. 몰리가 그런 병을 앓지 않았다면 이 사진들을 없앴을 텐데. 이런 차림으로 침실을 나선 적이 있었을까? 낯선 도시의 레스토랑에 갔을까? 도시에 나가 두 여자로서 즐기는 방법을 몰리라면 알고 있었을 것이다. 그녀는 옷과 즐길 만한 장소들을 훤히 꿰고 있었으며 그런 행동에 깃든 일탈과 재미, 천진함과 은근한 성적 흥분을 즐겼을 것이다. 그런 몰리를 클라이브는 얼마나 사랑했던가.

"어때?" 버넌이 말했다.

답을 피하기 위해 클라이브는 다른 사진에 손을 뻗었다. 어깨까지 나온 이번 사진에서 가머니의 드레스는 더 부드럽고 여성스러웠다. 짧은 소매와 네크라인 주위로 심플한 레이스 끈이 보였다. 받쳐입은 란제리인지도 모른다. 효과는 별로였다. 옷 아래 웅크린 남성성과 정체성 혼란과 더불어 이루지 못할 희망, 그 비애가 적나라하게 드러났기 때문이었다. 몰리의 능란한 빛 처리 솜씨로도 큰 턱뼈나 튀어나온 울대뼈를 감출 수는 없었다. 사진 속의 가머니와 촬영 당시 가머니 스스로가 상상했을 모습 사이에는 큰 간극이 있을지도 모른다. 비웃어 마땅한 사진들이었고, 실제로 비웃음이 나왔다. 하지만 클라이브는 어딘지 경외심을 느꼈다. 우리는 서로에 대해 아는 게 거의 없다. 우리는 빙산처럼 대부분 물에 잠겨 있고, 눈으로 볼 수 있는 사회적 자아만이 하얗고 냉랭하게 밖으로 솟아 있다. 그리고 여기 수면 아래 희귀한 모습, 한 남자의 은밀한 사생활과 혼돈이 있었다. 그의 위엄은 순수한 환상과 사고를 향한 압도적인 욕구에 의해, 정복할 수 없는 인간의 요소—정신에 의해 철저히 무너졌다.

클라이브는 처음으로 가머니에게 호의 비슷한 것을 느꼈다. 몰리 덕분에 가능한 일이었다. 세번째 사진에서 가머니는 샤넬의 박스형 재킷을 입고 시선은 내리깔고 있었다. 자의식이 투영된 내면의 화면 어딘가에서는 새침하고 그럴싸한 여자였을지 모르나, 타인의 눈에는 허울을 쓴 모습일 뿐이었다. 현실을 직시해, 당신은 남자야. 가머니는 카메라를 당당하게 쳐다보는 편이, 거들먹거리며 우리 앞에 서는 것이 한결 나았다.

"어때?" 버넌은 조바심을 내기 시작했다.

"굉장하군."

클라이브는 사진을 돌려주었다. 여전히 눈앞에 어른거리는 이미지들 때문에 명료한 사고를 할 수 없었다. "그럼 자넨 이 사진들이 신문에 실리지 않도록 싸우는 중이겠군."

딴지도 걸고 장난도 치려고 한 말이었지만, 자신의 속마음이 툭 튀어나오는 것을 막으려는 심산도 있었다.

버넌이 당황한 표정으로 클라이브의 얼굴을 빤히 쳐다보았다. "자네 미쳤어? 이 작자는 적이야. 내가 한 말 잊었나? 우리가 가처분신청을 풀었다고."

"그랬지. 미안해. 내가 정신이 없군."

"다음주에 실을 작정이야. 자네 생각은 어때?"

클라이브는 의자 뒤로 몸을 기대며 손을 뒤통수로 올려 깍지를 꼈다. 그리고 조심스레 말했다. "내 생각엔 자네 동료들 의견이 옳아. 사진을 싣겠다는 건 정말 치졸한 생각이야."

"무슨 뜻이야?"

"그자를 파멸시킬 거야."

"그러자는 거지."

"내 말은, 사적으로 말이야."

"그래."

정적이 흘렀다. 클라이브는 서로 상쇄효과를 일으키는 반대의견들이 한꺼번에 밀려드는 것처럼 느꼈다.

버넌은 빈 잔을 식탁 너머로 밀더니 잔이 채워지자 말했다. "무슨 말을 하는지 모르겠군, 그 인간은 해악 그 자체야. 자네도 여러 번 한 얘기잖아."

"비열한 놈이지." 클라이브가 동의했다.

"들리는 바로는 그치가 11월 경선에 출마한다더군. 그런 자식이 총리 자리에 앉으면 나라꼴이 뭐가 되겠어."

"그건 그래." 클라이브가 말했다.

버넌이 어이없는 듯 손을 펴 보이며 말했다. "그런데?"

또다시 침묵이 흘렀다. 클라이브는 천장에 난 금을 바라보며 생각을 가다듬었다. 마침내 그가 말했다. "한 가지만 말해봐. 자넨 남자가 여장을 하는 게 원칙적으로 옳지 못하다고 생각해?"

버넌은 끙 소리를 냈다. 그러고는 취한 사람처럼 굴기 시작했다. 클라이브의 집에 오기 전에 전작이 있었던 듯했다. "클라이브, 제발!"

클라이브는 계속 말을 이었다. "자네도 한때는 성해방 옹호자였잖아. 게이 편을 들었다고."

"내 귀가 잘못된 거 아니지?"

"자넨 대중이 상영금지처분을 원했던 연극이며 영화도 옹호했어. 작년만 해도 불알에 징을 박아넣었다는 이유로 법정에 섰던 골 빈 작자들을 변론했었지 아마."

버넌이 어깨를 으쓱해 보였다. "정확히 하자면 불알이 아니라 페니스였지."

"가머니의 행동 역시 자네가 그렇게 열렬히 변호했던 성적 표현의 일종이 아닐까? 가머니의 비행이 만천하에 까발려져야만 할 이유는 뭔데?"

"그자의 위선 때문이지, 클라이브. 가머니는 사람 목을 매달자는 놈이야. 가족을 중시한다면서 이민자와 망명자, 유랑민과 소외된 사람에게 채찍을 내려치는 놈이라고."

"그건 별개의 문제야." 클라이브가 말했다.

"그게 어떻게 별개야? 자네나 허튼소리 작작해."

"만일 복장도착자가 별문제 아니라면 인종차별주의자가 복장도착자라도 별문제는 아니야. 문제는 인종차별이지."

버넌은 한심하다는 듯 숨을 내쉬었다. "내 말 좀 들어봐……"

그러나 클라이브는 논리에 맞는 수사의 틀을 잡은 후였다. "복장도착자가 별문제 아니라면 가족을 중시하는 남자가 복장도착자라도 별문제 아니라는 얘기야. 물론, 사적으로. 만일—"

"클라이브! 똑똑히 들어. 자넨 작업실에서 온종일 교향악의 꿈속에 빠져 살고 있어. 사태의 시급성을 조금도 모른다고. 이런 식으로 가다간 가머니는 11월에 총리 후보가 될 거고 그러면 내년 선거에서 가머니 패거리가 승리할 가능성이 높아져. 앞으로 오 년을 더 그들이 판을 치는 거야! 생활보호 대상자는 물론 수감자와 노숙자, 범죄자도 더욱 늘어나고 작년처럼 시위도 더 잦아지겠지. 그자는 징병제 도입도 찬성하잖아. 환경문제도 심각해지겠지. 지구온난화 문제를 방지하기 위한 조약에 서명하기보다 기업인 친구들 비위를 맞추기 바쁠 테고. 그 작자는 우리 나라를 유럽에서 끌어낼 작정이야. 경제는 대대적으로 위기가 닥칠 거라고! 이 모든 게 자네는 썩 맘에 드는 모양이지?" 그렇게 말하면서 버넌은 팔을 빙 둘러가며 클라이브의 넓은 부엌을 가리켰다. "하지만 대부분 사람들한테는……"

"말조심해," 클라이브가 으르렁거렸다. "내 술을 마시는 동안은." 클라이브는 리슈부르병에 손을 뻗어 버넌의 잔을 채웠다. "한 병에 105파운드짜리야."

버넌은 잔을 반쯤 비웠다. "말 한번 잘했군. 자네 혹시 중년에 자신의 안위만 따지는 우익이 되려는 건 아니겠지?"

클라이브는 버넌의 조롱에 조롱으로 대응했다. "자네가 대체 뭘 하는 건지는 아나? 조지의 일을 대신 해주고 있어. 그자가 자넬 부추긴 거야. 버넌, 자넨 이용당하는 거라고. 빤한데 왜 그걸 몰라? 조지는 몰리와의 염문 때문에 가머니를 증오해. 나나 자네 일이었대도 같은 식으로 이용했을 거라고." 그리고 클라이브는 덧붙였다. "어쩌면 뭔가 가지고 있을지도 모르지. 몰리가 자네 사진은 찍은 적 없어? 잠수복 입고? 아니면 발레복? 자네라고 봐주지 않을걸."

버넌은 자리에서 일어나 봉투를 다시 서류가방에 넣었다. "난 자네의 지지를 바라고 온 거였어. 아니, 적어도 마음을 열고 들어줄 거라 기대했지, 씨발, 이따위 독설을 듣자고 온 게 아니라고."

버넌은 복도로 나갔다. 클라이브는 그 뒤를 따랐지만 사과를 할 마음은 없었다.

버넌이 문을 열며 돌아섰다. 그는 추레하고 지쳐 보였다. "이해가 안 가." 그가 조용히 말했다. "자네가 내게 솔직한 것 같지 않아. 이 일에 반대하는 속셈이 대체 뭐야?"

그저 수사적인 질문인지도 몰랐다. 그럼에도 클라이브는 친구에게로 몇 걸음 다가서서 대답했다. "몰리 때문이야. 우리는 가머니를 좋아할 수 없지만 몰리는 그를 좋아했어. 가머니는 몰리를 믿었고 몰리는 그의 믿음을 존중한 거야. 이건 그들 사이의 개인적인 문제라고. 이 사진은 몰리의 것이고 나와도, 자네나 자네의 독자들하고도 아무 상관이 없어. 몰리는 자네의 이런 행동을 경멸했을 거야. 솔직히, 이건 몰리를 배신하는 거야."

말을 마친 뒤 클라이브는 버넌에게 자신의 코앞에서 부술 듯 문을 닫는 만족감을 주는 대신 몸을 돌려 자리를 피했다. 그리고 홀로 저녁을 먹으러 부엌으로 갔다.

3

호텔 밖의 거친 돌담 아래 나무벤치가 놓여 있었다. 아침을 먹은 후 클라이브는 여기 앉아 등산화 끈을 맸다. 피날레의 고민을 풀어줄 악상은 여전히 떠오르지 않았지만, 고민하는 과정에서 두 가지 중요한 소득을 얻었다. 첫번째는 일반적인 것이었다. 낙관적인 마음가짐이 되었다는 것. 기본 작업은 이미 작업실에서 끝냈고, 푹 자진 못했지만 좋아하는 경치에 둘러싸여 있으니 기운이 솟았다. 두번째는 구체적인 것이었다. 원하는 것이 또렷해졌다. 클라이브는 그간 뒷부분부터 역순으로 작업하고 있었고, 이미 써놓은 부분에 이 곡의 테마가 단편적이고 암시적으로 담겨 있다는 것을 알고 있었다. 악상이 머릿속에 떠오르는 순간 그는 바로 알아챌 것이다. 이 곡을 처음 듣는 사람들의 귀에는 완성된 피날레 멜로디가 악보의 다른 부분에서 이미 암시되었거나 전개되었던 것처럼 들릴 것이다. 음을 찾는 것은 영감이 필요한 통합작업이다. 클라이브는 아직 구체적으로 듣지 못했을 뿐, 자신이 그 음을 알고 있는 것만 같았다. 그는 그 음들의 유혹적인 달콤함과 멜랑콜리를 알고 있었다. 그 간결함의 전범은 분명 베토벤의 〈환희의 송가〉였다. 첫 악절을 떠올려본다—사뿐히 올라갔다가 사뿐히 내려오는 음들. 동요 가락처럼 들릴 수도 있겠지. 전혀 가식이 없으면서도 영혼의 무게를 실은 곡. 클라이브는 벤치에서 일어나 웨이트리스가 가지고 온 점심을 건네받았다. 그런 선율을 지어내는 것이야말로 그의 직업이 가진 숭고한 본질이었고, 그의 야망이었다. 베토벤. 클라이브는 주차장의 자갈바닥에 무릎을 꿇고 치즈 샌드위치를 배낭에 꾸려넣었다.

그는 배낭을 둘러메고 계곡 방향으로 걷기 시작했다. 밤사이 레이크 디스트릭트로 이동한 온난전선이 나무와 냇가의 풀밭을 덮었던 서리를 거두어갔다. 구름자락은 높고 고른 잿빛에 햇빛은 청명하고 너르게 퍼져 있었다. 길은 적당히 굳어 있었다. 늦겨울로서는 더 바랄 게 없는 날씨였다. 해가 지려면 여덟 시간쯤 걸릴 듯했는데, 저녁 어스름에 고원을 출발해 골짜기로 내려온다면 호텔로 돌아오는 길에는 손전등이 필요할 것이다. 스카펠 파이크에 오를 시간은 충분했지만, 이스크 하우스에 이를 때까지 결정은 미룰 수 있었다.

랭스트래스 밸리로 이어지는 남쪽 산행길에 접어들고 처음 한 시간 남짓은 낙관적인 마음과는 별개로 야외에 고립되어 있다는 적막감이 클라이브를 에워쌌다. 그는 자신도 모르게 백일몽 속으로 빠져들었다. 누군가가 그를 죽이려고 바위 뒤에 웅크리고 있을지도 모른다는 허무맹랑한 상상이 머릿속을 오갔다. 그는 어깨 너머를 흘낏흘낏 살폈다.

홀로 산행을 나서는 일이 잦은 클라이브에게는 익숙한 느낌이었다. 매번 특유의 그 꺼림칙한 기분을 극복해야만 했다. 가까운 사람들과 보금자리, 온기와 친절로부터 계속 멀어지는 것은 의지를 작동시켜 본능과 맞서는 일이었다. 방과 거리에 국한돼 있던 평소의 공간감각이 무방비 상태로 무변의 허공을 마주하고 있었다. 계곡 위로 솟아난 바윗덩이들이 얼굴을 잔뜩 찌푸리고 있었다. 쉿쉿, 콸콸 흐르는 계곡물 소리는 협박처럼 들렸다. 움츠러든 마음과 타고난 기질은 클라이브에게 산행을 계속하는 것은 어리석고 쓸데없는 짓이라고, 실수하는 거라고 말했다.

클라이브는 멈추지 않았다. 움츠림과 두려움이야말로 바로 그가 벗어나고 싶었던 병적 상태였고, 고된 일과—하루에 몇 시간씩 피아노 앞에만 웅크리고 앉아 있는 것—가 그를 소진시켰다는 증거였다. 그는 가슴을 펴고 용기를 되찾을 것이다. 이곳을 장악하는 것은 협박이 아니라 자연의 무심한 태도일 뿐이었다. 산행에는 물론 위험이 도사리고 있지만, 그건 낙상이라든가 길을 잃는 것, 급격한 날씨 변화나 어둠 속에 고립되는 일 등 평범하고 사소한 것들에 지나지 않았다. 이 고비만 넘기면 그는 자제력을 되찾을 것이다. 곧 바위에 투영된 두려움은 사라질 것이고 자연경치가 본연의 아름다움으로 그를 유인할 것이다. 가늠할 수 없는 산의 나이와 그 위를 뒤덮은 생명체들의 정교한 그물이 그 역시 이 질서 속의 한 부분이며 보잘것없는 존재에 지나지 않음을 상기시킬 것이다. 그는 자유로워질 것이다.

그러나 오늘은 이 치유의 과정이 여느 때보다 길었다. 한 시간 반이 넘도록 걸었지만 아직도 클라이브는 바위가 나타나면 뒤에 뭔가가 숨어 있을 것만 같아 눈을 부릅떴고, 침울한 표정을 짓는 바위와 계곡 끄트머리의 풀밭을 바라보면 막연한 공포감에 휩싸였다. 잊을 만하면 떠오르는 버넌과의 언쟁 때문에도 속이 부글거렸다. 확 트인 공간은 그의 근심뿐 아니라 만사를 하찮은 것으로 만들었다. 모든 노력이 부질없었다. 교향곡은 더더구나 그랬다. 그것은 허허로이 불다 사라지는 바람이고, 허풍이며, 소리의 산을 지으려는 부질없는 시도였다. 그런 일에 클라이브는 죽기 살기로 매달려 있는 것이다. 뭘 위해? 돈, 존경, 불후의 명성? 삶은 우연에 지배될 뿐이라는 생각을 접고 죽음의 공포를 물리치기 위해? 클라이브는 멈춰 서서 등산화 끈을 조였다. 얼마 더 나아가서는 스웨터를 벗고 아침에 공연히 집어먹었던 훈제청어의 냄새를 지우려고 물병에 담아온 물을 벌컥벌컥 마셨다. 하품이 나고 자신이 묵고 있는 조그만 방의 침대가 떠올랐다. 벌써 피곤해서도 안 되고, 지금 되돌아갈 수도 없었다. 여기까지 오는 데 들인 수고를 생각하면 그럴 순 없었다.

클라이브는 냇물 위로 가로놓인 다리에 걸터앉았다. 결정을 내려야만 했다. 개울을 건너 계곡 왼쪽 길을 따라 스테이크 패스까지 휑하니 다녀올 수도 있고, 계곡 정상까지 내처 오른 다음 거기서 100미터가량 이어지는 급경사지를 타고 텅 헤드까지 갈 수도 있다. 두 손을 번갈아 짚어가며 바위를 타고 싶은 마음은 없었다. 하지만 이제 한물갔다든가 세월에 굴복했다는 여지를 남기고 싶은 생각은 더더욱 없었다. 결국 그는 개울을 따라 계곡을 오르기로 했다—어쩌면 온 힘을 끌어모아 산을 타는 일이 머리를 맑게 해줄지도 몰랐다.

한 시간 후 클라이브는 계곡 끝에 이르렀다. 첫번째 급경사가 나타나자마자 벌써 후회막심이었다. 장대비가 내리기 시작했고, 별별 효과가 다 있다는 비싼 방수복을 입었더라도 산을 오르느라 기운을 쓰다보면 땀에 흠뻑 젖을 것이었다. 클라이브는 발을 헛디딜 염려가 있는 젖은 바윗길을 피해 풀이 무성한 둔덕을 택했다. 아니나다를까, 얼마 못 가 비와 땀이 범벅이 되어 눈을 파고들었다. 금세 맥박이 빨라지더니 삼사 분에 한 번씩 숨을 돌리느라 걸음을 멈춰야 했다. 이 정도 산행이 힘에 부치다니. 그는 물을 마시고 걸음을 계속 이어갔다. 혼자라는 이점을 십분 활용하여 힘들 때마다 큰 소리로 신음소리를 내거나 툴툴거렸다.

동행이 있다면 늙어가는 서글픔에 대해 농이라도 던질 수 있었으련만. 요즘 영국에는 도시에서 벗어나 자유를 되찾고픈 열정을 나눌 만큼 가까운 친구가 없었다. 그가 아는 사람들은 황야 없이도 완벽한 행복을 누리는 듯했다. 그들에게는 교외 레스토랑과 봄철의 하이드파크를 제외한 야외공간은 전혀 필요하지 않았다. 그러고도 삶다운 삶을 누린다고 할 수 있을까. 클라이브는 헐떡이며 비와 땀으로 후끈해진 몸을 풀쩍 날려 풀이 돋아 있는 바위 턱에 간신히 올라갔다. 그리고 그곳에 엎드렸다. 빗줄기가 등을 후려치는 동안, 그는 친구들의 우둔함과 생에의 욕구 결핍을 욕하며 달아오른 얼굴을 잔디에 대고 식혔다. 친구들은 그를 실망시켰다. 그가 어디에 있건 신경쓰는 사람도 없었다.

오 분가량 빗방울이 방수복 천을 두드리는 소리를 듣던 클라이브는 몸을 일으켜 등반을 계속했다. 그렇다고 레이크 디스트릭트는 과연 황야라 할 수 있을까? 등산객들 발에 닳고, 모퉁이마다 일일이 이름이 붙고 기념장소가 되는 마당에? 따져보면 이 모두가 거대한 황토색 체육관에 지나지 않았으며, 가파른 비탈은 풀이 돋은 늑목일 뿐이었다. 산행은 빗속의 헬스 트레이닝이었다. 산안장에 가까워질수록 맥빠지는 생각들이 꼬리에 꼬리를 물었다. 그러나 고지에서 경사가 완만해지고 비도 그쳐 길게 갈라진 구름자락에서 햇살이 살며시 고개를 내밀자 산행의 진면목이 드러났다—기분이 좋아지기 시작한 것이다. 어쩌면 긴장했던 근육이 풀리며 엔도르핀이 돌기 시작한 것인지도, 단순히 그가 산행의 리듬을 찾았기 때문인지도 모른다. 혹은 산악인들이 값지게 여기는 순간이 시작되었기 때문일까. 산안장에 도달해 분수령을 넘자 새로운 봉우리와 골짜기가 시야에 들어왔다—그레이트 엔드, 이스크 파이크, 보펠이었다. 이제 산은 아름다웠다.

클라이브는 바야흐로 거의 평지나 다름없는 덤불숲을 가로질러 랭데일에서 출발하는 등산코스로 성큼 넘어서고 있었다. 여름이면 짜증날 정도로 붐비는 길이었지만 오늘은 푸른 옷을 입은 단출한 등산객 한 명뿐이었다. 그는 약속이 있는 사람처럼 넓은 고원을 지나 이스크 하우스 쪽으로 성큼성큼 걸음을 재촉하고 있었다. 가까이서 보니 등산객은 여자였다. 클라이브는 상상 속에서 그녀의 연인이 되었다. 그녀가 그토록 갈망해오던 밀회의 순간, 인적 없는 호숫가에서 기다리던 그는 그녀가 보이자 이름을 부른다. 배낭에서 샴페인과 은잔을 꺼내들고 그녀에게로 다가간다…… 클라이브의 아내나 연인 중에는 등산을 좋아하는 여자가 없었다. 언제나 새로운 일에 열려 있는 수지 마셀런과 함께 캐츠킬스에 간 적이 있었지만, 별수없는 맨해튼 망명객이라는 사실만 톡톡히 입증했다. 벌레와 물집 탓을 하며 종일 투덜대고 택시가 없다는 어이없는 불평을 쏟아냈던 것이다.

클라이브가 푸른 옷 여자와 같은 길로 접어들 무렵, 1킬로미터 조금 못 되게 앞서가던 여자가 오른쪽의 앨런 크랙스 방향으로 꺾기 시작했다. 그는 광활한 고원을 독차지하고픈 마음에 걸음을 멈추고 그녀를 보냈다. 구름이 점점 걷히고 있었다. 등뒤에선 로스트웨이트 펠 위로 햇살이 퍼지며 이글거리는 붉은색과 노란색을 머금었다는 갈색 고사리 숲의 위용이 드러나고 있었다. 클라이브는 방수복을 챙겨넣고 사과 한 알을 씹으며 어느 길로 갈지 망설였다. 잠시 후 그는 스카펠 파이크로 방향을 택하고 서둘러 발걸음을 뗐다. 이스크 하우스에서 올라가는 길이 가장 빨랐지만, 이제 몸이 좀 풀린 터라 그는 계속 북서쪽으로 가기로 했다. 스프링클링 탄과 스타이 헤드를 타고 내려가 코리더 루트로 올라가는 꽤 긴 여정이었다. 그레이트 엔드 기슭으로 내려갔다가 지금까지 왔던 길을 되짚어 랭스트래스 밸리를 지나면 저물기 전에 호텔에 닿을 수 있을 것이다.

그렇게 클라이브는 웅장하고 매혹적인 이스크 하우스 봉우리를 향해 가벼운 걸음을 내디뎠다. 서른 살 때나 지금이나 몸은 결국 별 차이가 없었고, 그를 지탱해주는 것은 체력이 아니라 정신력이었다. 기분이 나아지니 다리에서 힘이 불끈 솟았다!

그는 등산객들에 의해 훼손된 넓은 길을 피해 눈앞의 높은 능선을 따라 빙 둘러 걸었다. 그러면서 자주 그랬듯 새로운 시선으로 자신의 삶을 관조하고 최근의 사소한 성과들을 돌이켜보며 기뻐했다. 초기의 관현악곡이 실린 음반이 재출시됐고, 어느 일요신문에 그의 작품에 대한 경외에 가까운 평론이 실렸으며, 그를 보고 놀라 말문이 막힌 어린 학생에게 작곡상을 수여하며 재치 있는 연설을 곁들였다. 클라이브는 자신의 작품세계를 전체적으로 돌아보았다. 고개를 들어 앞을 멀리 내다볼 여유가 있을 때는 자신의 음악도 얼마나 다양하고 풍부했던가. 살아온 내력이 고스란히 추상적으로 재현돼 있지 않았던가. 그에게는 아직도 할일이 많았다. 클라이브는 인생을 함께해온 사람들을 애정어린 마음으로 떠올렸다. 버넌에게 너무 심했던 걸까. 그는 단지 자기 신문을 구하고 가머니의 부당한 정책으로부터 나라를 지키려는 것뿐이었는지 모른다. 저녁에 버넌에게 전화를 해야겠다. 그들의 우정은 한 번 싸움으로 끝장날 만큼 하찮은 것이 아니다. 서로의 견해차를 인정하고 친구로 남을 수 있을 것이다.

이렇게 유순한 생각을 하는 사이 드디어 멀리 스타이 헤드가 한눈에 들어오는 산등성이에 이르렀다. 그러나 연이어 맞닥뜨린 광경에 클라이브는 짜증 섞인 탄식을 했다. 형광빛의 오렌지색, 파란색, 초록색을 뿜어내며 1.5킬로미터도 넘게 이어지는 점들은 소풍 행렬이었다. 백여 명은 될 법한 올망졸망한 초등학생이 호수지대로 몰려가고 있었다. 저 아이들을 제치고 가자면 한 시간은 족히 걸릴 것이다. 주위 경관은 삽시간에 따분하고 짓밟힌 유원지로 전락했다. 클라이브는 늘 욕해오던 것들—형광색 등산복의 바보스러움과 시각적 오염, 혹은 사람들이 어째서 저렇게 무지막지하게 몰려다니는 것을 좋아하는가 하는 것들—을 곱씹을 새도 없이 앨런 크랙스로 걸었다. 꼬맹이들이 시야에서 사라지자 곧 유쾌한 기분이 되살아났다. 그는 야심 찬 스카펠 파이크 등반을 미루는 대신, 산등성이를 타고 소니스웨이트 펠을 내려가 여유롭게 계곡으로 돌아가기로 했다.

체감상 불과 몇 분 만에 클라이브는 바위 꼭대기에 서서 숨을 돌리며 코스를 바꾸길 잘했다고 흐뭇해했다. 웨인라이트*의 에세이 『남쪽의 바위산』에서 '천변만화'라고 묘사된 지점에 발을 들여놓기 직전이었다. 길은 구불구불 작은 호수를 지나고 늪을 건너 노출된 광맥과 돌투성이 고원지대를 지나 글라라마라 정상까지 이어졌다. 이것이 바로 일주일 전 잠들 무렵 그의 마음을 진정시키던 바로 그 풍경이었다.

십오 분쯤 걸은 끝에 얼룩덜룩한 바위가 버티고 있는 깎아지른 경사면을 오르려는 순간, 고대하던 일이 마침내 일어났다. 고독을 음미하며 몸은 가뿐하고 마음은 유유히 다른 곳을 떠돌 때, 이제껏 찾아 헤매던 음악, 적어도 그 형식의 실마리가 잡힌 것이다.

신이 내린 선물을 받은 기분이었다. 그가 다가가자 커다란 잿빛 새가 울부짖으며 날아갔다. 높이 날아오른 새는 원을 그리며 계곡을 넘어 날아가면서 세 음표로 이루어진 피리 소리를 냈다. 그것은 클라이브가 피콜로를 위해 작곡해둔 화음을 자리바꿈한 것이었다. 소박하면서도 우아하기 그지없었다. 시퀀스를 바꾸자 막혔던 악상이 뚫리며 간결하고 아름다운 선율이 귓전에 울리는 듯했다. 그러나 충분하지는 않았다. 손에 잡힐 듯 눈앞에 다시 계단의 모습이 펼쳐졌다. 다락방의 뚜껑문이나 경비행기 문에 달린 것처럼 위로부터 펼쳐져 내려오는 계단이었다. 한 음이 깔리며 다음 음을 끌어냈다. 그러나 이거다 싶은 순간, 음들은 사라지고 아련한 잔상과 애잔한 선율의 울림만이 남았다. 이러한 공감각은 형벌이었다. 이 음들은 단단히 맞물려 움직이는 작은 돌쩌귀처럼 완벽한 호광弧光을 만들어내며 멜로디를 밀고 당겼다. 비탈진 바위 꼭대기에 도달했을 때 멜로디가 다시 들려올 것 같아 클라이브는 멈춰

---

* 영국의 여행작가 앨프리드 웨인라이트.

서서 주머니에서 수첩과 연필을 꺼냈다. 슬프기만 한 가락은 아니었다. 그 안에는 쾌활하면서도 거대한 힘에 맞서는 긍정적인 결단, 즉 용기가 깃들어 있었다.

클라이브가 나머지 음도 떠오르길 고대하며 조금 전 들었던 선율을 띄엄띄엄 써내려가고 있을 때 무슨 소리가 들려왔다. 환청도, 새소리도 아닌, 중얼거리는 사람의 목소리였다. 작업에 열중한 클라이브는 쳐다보고 싶은 유혹을 억눌렀다. 그러나 도리가 없었다. 10여 미터 솟은 봉우리 너머를 흘낏 바라보자 커다란 웅덩이보다 못한 작디작은 연못이 있었다. 연못을 둘러싼 맞은편 풀밭에 그를 서둘러 지나쳐갔던 푸른 옷의 여자가 서 있었다. 한 사내가 그녀를 마주보며 위협적인 저음으로 쉼없이 지껄이고 있었다. 어딜 보아도 등산객의 행색은 아니었다. 남자의 얼굴은 주둥이가 튀어나온 동물처럼 길고 뾰족했다. 그는 낡은 트위드재킷에 쥐색 플란넬 바지를 입고, 천으로 된 납작한 모자를 쓴 차림이었다. 목둘레에는 너저분한 흰색 천을 감고 있었다. 고원의 농사꾼이거나, 그녀를 만나러 온 친구지만 등산과 등산 장비를 혐오하는 사람인지도 몰랐다. 그리고 어쩌면 클라이브가 상상했던 식의 밀회의 현장일 수도 있었다.

바위 사이로 뚜렷하게 보이는 형체들, 이 기막힌 장면은 오직 클라이브를 위해 마련된 것 같았다. 그들은 활인화를 연출하는 배우였고, 거기서 의미를 추출해내는 것은 클라이브의 몫이었다. 배우들은 별로 심각하지 않고, 클라이브가 보고 있다는 사실을 모른 체할 뿐이다. 그들이 무엇을 하든지 지금 클라이브의 생각은 네온사인처럼 뚜렷했다. 나는 여기에 없다.

클라이브는 몸을 숙이고 다시 음들을 적어나갔다. 이미 떠오른 음을 종이에 옮겨 적기만 하면, 조용히 이곳을 떠나 산등성이를 따라 호텔로 들어가서 나머지 작업을 할 수 있을 것이다. 여자의 목소리가 들려왔지만 클라이브는 못 들은 체했다. 방금 전만 해도 그렇게 선명하던 음들이 이제 잘 떠오르지 않았다. 그는 잠시 고생했지만 간신히 음이 돌아와주었다. 톱니바퀴처럼 맞물린 선율은 그렇게 또렷이 눈앞에 떠 있다가도 조금만 긴장을 풀면 자취를 감추려 들었다. 클라이브는 휙휙 긋듯 서둘러 음표들을 휘갈겼다. 그런데, 불현듯 여자의 목소리가 큰 비명으로 변했고 그의 손은 굳었다.

클라이브는 그것이 실수라는 걸, 계속해서 악보를 적어내려가야 한다는 걸 직감으로 알았지만 바위 뒤편을 넘겨다보지 않을 수 없었다. 이제 여자의 얼굴이 클라이브 쪽을 향해 있었다. 삼십대 후반쯤 되어 보이는 작고 까무잡잡한 소년 같은 얼굴에 검은 곱슬머리였다. 싸우는 걸 보면 여자와 남자는 서로 아는 사이였다—보나마나 부부싸움이겠지. 여자는 배낭을 바닥에 내려놓고 뻗대는 자세로 서 있었다. 다리를 벌리고 허리에 손을 얹은 채 고개를 약간 뒤로 젖힌 모습이었다. 남자가 여자에게 한 발짝 다가가 팔꿈치를 잡았다. 여자는 매몰차게 손을 뿌리쳤다. 그러더니 무슨 말인가를 외치며 배낭을 집어들어 어깨에 메려고 했다. 남자도 배낭을 움켜쥐고 잡아당겼다. 실랑이를 벌이는 동안 배낭은 오락가락했다. 드디어 남자가 배낭을 손에 넣더니 가소롭다는 듯 손목만 까딱 움직여 연못에 던졌다. 배낭은 반쯤 물에 잠긴 채 둥둥 떠다니다 천천히 가라앉았다.

여자는 물속으로 두 걸음쯤 뛰어들다가 생각을 바꾸는 눈치였다. 그녀가 돌아서자 남자가 다시 팔을 잡으려고 했다. 그러는 사이에 줄곧 말다툼이 이어졌으나 클라이브의 귀에는 띄엄띄엄 들려올 뿐이었다. 그는 손가락 사이에 연필을 끼우고 다른 손에 수첩을 쥔 채 기울어진 바위에 드러누우며 한숨을 내쉬었다. 말리러 가야 하는 걸까? 클라이브는 아래로 뛰어내려가는 상상을 해봤다. 그가 내려가면 곧 새로운 가능성이 가지를 칠 것이다. 남자가 달아나고, 클라이브는 고마워하는 여자와 시톨러를 지나 나란히 큰길까지 내려갈 수도 있다. 하지만 가능성이 희박한 이런 상황조차 그의 부서지기 쉬운 영감을 망가뜨릴 것이다. 그보다는 남자가 공격 대상을 클라이브로 바꾸고 여자는 속수무책으로 보고만 있을 가능성이 더 크다. 순순히 화해할 가능성도 없진 않다. 원래 좋은 사이였다면 둘 다 돌아서서 남의 일에 끼어든다고 핀잔을 줄지도 모른다.

또다시 여자의 비명소리가 들려오자 클라이브는 바위에 몸을 붙인 채 눈을 감았다. 작은 보석처럼 값진 무엇이 그에게서 먼 곳으로 굴러가고 있었다. 이 상황을 피할 수도 있었다. 아까 산을 계속 오르는 대신 스타이 헤드로 내려가 형광색 옷을 입은 조무래기들을 지나서 코리더 루트를 택해 스카펠 파이크로 오를 생각도 했었으니까. 그랬다면 여기서 무슨 일이 났든 그와는 상관없는 일이었을 것이다. 그들의 운명, 그의 운명. 소중한 것, 멜로디. 그것에 내재된 의미가 그를 짓눌렀다. 그 멜로디에 많은 것이 달려 있었다. 교향곡, 축제, 그의 명성, 아쉬움 많은 한 세기의 환희의 송가. 들릴 듯 말 듯한 그 멜로디가 그 무게를 받쳐줄 것임을 클라이브는 의심치 않았다. 그 단순함 속에 일생을 아우르는 작업과 견줄 만한 권위가 담겨 있었다. 그것이 제 발로 찾아올 음악이 아니라는 점도 분명했다. 방해를 받기 전까지 그는 음을 창조하고, 새의 울음소리로부터 음을 다듬어내고, 창조에 몰두한 정신상태의 기민한 수동성을 잘 요리하고 있었다. 확실한 것은 그가 결정을 내려야 한다는 사실이었다. 내려가서 여자를 보호하든가, 여자가 보호를 필요로 한다면 말이지만, 아니면 이곳을 피해 글라라마라 등성이를 돌아 작업을 계속할 장소를 찾아야 했다. 영감이 이미 사라져버린 것이 아니라면 말이다. 손놓고 먼산만 쳐다보고 있을 수는 없었다.

분노에 찬 목소리가 들려오자 클라이브는 눈을 뜨고 몸을 일으켜 다시 내려다보았다. 남자가 여자의 손목을 끌고 연못을 돌아 클라이브 발밑의 가파른 바위 아래로 데려갈 모양이었다. 여자는 잡히지 않은 손으로 땅을 더듬고 있었다. 무기로 쓸 만한 돌을 찾는 듯했지만 결국은 잡아당기는 상대의 동작을 도울 뿐이었다. 배낭은 이미 가라앉아 보이지 않았다. 남자는 내내 여자에게 뭐라 말하고 있었는데 다시 목소리를 낮춰 알아듣기 힘든 소리로 으르렁거리고 있었다. 갑자기 여자가 애원조로 울먹거렸고 클라이브는 정확히 자신이 할 일을 알았다. 비탈에서 내려오는 동안 이미 그는 자신의 망설임이 위선이라는 것을 깨닫고 있었다. 방해를 받은 순간 그는 결정을 내린 것이다.

평지에 닿자 클라이브는 왔던 길로 서둘러 되돌아가 산등성이 서편의 긴 우회로로 내려갔다. 이십 분 후 그는 테이블로 쓸 만한 납작한 바위를 찾아 끄적이던 수첩을 올려놓고 그 위로 몸을 구부렸다. 그러나 아무것도 떠오르지 않았다. 멜로디들을 기억해보려 애를 썼지만 집중력은 이미 다른 목소리에 의해, 자기합리화를 강요하는 억지스러운 내면의 목소리에 의해 깨진 후였다. 무슨 일이 일어났든—그것이 폭력이

든, 폭력을 동반한 협박이든, 혹은 그가 궁색한 변명을 하게 되든, 나아가 경찰에서 증언을 하게 되든—그가 두 남녀에게로 다가갔다면 그는 생의 결정적인 한순간을 망쳤을 것이다. 정신적 동요 속에서 멜로디는 살아남지 못했을 것이다. 넓은 산등성이와 눈앞에 펼쳐진 수없는 길들을 고려하면 그는 그들을 못 보고 지나쳤을 수도 있었다. 자신은 거기 없었던 거나 마찬가지였다. 그는 그곳에 없었다. 그는 음악 속에 있었다. 그의 운명, 그들의 운명, 각자의 길. 그와 상관없는 일이다. 음악이야말로 그의 일이고, 쉬운 일은 아니지만, 그는 누구의 도움도 청하지 않는다.

클라이브는 어렵사리 마음을 진정시키고 작업으로 되돌아갔다. 먼저 세 음으로 이루어진 새 울음소리가 있었고 그 소리는 자리바꿈을 통해 피콜로의 선율이 된다. 그리고 음들이 겹치기 시작하다 계단이 펼쳐지고……

악보 위로 몸을 굽힌 채 한 시간 정도 있었을까. 그는 마침내 주머니에 수첩을 집어넣고 빠른 걸음으로 그곳을 떠났다. 줄곧 산등성의 서편을 타고 내려오자 곧 고원지대에 닿았다. 세 시간 후 호텔에 도착했을 때 마침 비가 내리기 시작했다. 남아 있는 일정을 취소할 이유가 하나 더 보태진 셈이었다. 그는 짐을 꾸리고 호텔 직원 여자에게 택시를 불러달라고 부탁했다. 기차에서 일을 계속할 수 있을 것이고 집에 돌아가면 그가 작곡한 이 장엄한 시퀀스와 멋진 화성을 피아노로 가져가 곡에 담긴 아름다움과 비애를 자유로이 풀어놓을 것이다.

택시를 기다리는 동안 좁은 호텔바에서 서성이기도 하고, 때로 멈춰 서서 상록수 이파리 사이에 웅크린 박제 여우를 바라보기도 했다.

분명 창조의 흥분 때문이었다. 차가 오나 보려고 몇 차례나 거리로 나선 것도 마찬가지 이유에서였다. 한시바삐 계곡을 떠나고 싶었다. 택시 소리가 들려오자 그는 부리나케 호텔을 나와 가방을 뒷좌석에 던져넣고 기사에게 서둘러달라고 말했다. 떠나고 싶었고, 기차에 앉아 남쪽으로 달리고 싶었으며, 레이크 디스트릭트를 벗어나고 싶었다. 그는 도시의 익명성과 작업실에 유폐된 시간을 원했다. 그리고—아무리 생각해봐도—그에게 이런 느낌을 갖게 한 것은 확실히 흥분이지, 부끄러움이 아니었다.

4부

1

로즈 가머니는 여섯시 삼십분에 잠에서 깼다. 눈을 뜨기도 전에 머릿속에, 마음의 혀끝에 세 아이의 이름이 맴돌았다. 리어노라, 존, 캔디. 남편을 깨우지 않으려고 그녀는 살며시 침대에서 빠져나와 실내용 가운을 주워들었다. 어젯밤 그녀는 메모해둔 내용을 마지막으로 체크하고, 오후에는 캔디의 부모도 만났다. 다른 두 아이의 증세는 평범했다. 한 아이는 땅콩을 삼켰으므로 진단 차원의 기관지경검사를 하고, 다른 아이는 폐의 농양을 빼내기 위해 가슴에 배출 튜브를 끼울 것이다. 캔디는 서인도제도 태생의 말수 없는 여자아이였다. 캔디의 엄마는 오랫동안 병상에서 따분한 나날을 보내는 아이를 달래려고 머리를 뒤로 단정히 묶고 리본을 달아주곤 했다. 개심수술은 적어도 세 시간, 어쩌면 다섯 시간도 걸릴 수 있었고 결과는 불확실했다. 브릭스턴에서 식료품

가게를 운영하는 캔디의 아버지는 면담시간에 한 바구니 가득 파인애플과 망고, 포도를 챙겨왔다—사나운 메스의 신을 달래볼 요량이었으리라.

가머니 여사가 주전자 물을 올리려고 맨발로 부엌에 들어서자 바구니의 과일향이 진동했다. 물이 끓는 동안 그녀는 좁은 복도를 지나 서재로 가서 서류가방을 챙겼고, 도중에 잠시 멈추고 메모 내용을 다시 한번 훑어보았다. 당 위원장에게 응답전화를 했고 아직 응접실에서 자고 있는 다 큰 아들에게 메모를 남겼다. 이윽고 로즈는 부엌으로 돌아가 차를 만들어 부엌 창문으로 다가가서는 레이스 커튼을 건드리지 않고 거리를 내려다보았다. 로드 노스 스트리트 인도에 있는 사람 수를 세어보니 여덟이었다. 어제 같은 시간에 비해 세 명이 많았다. 아직 티브이 카메라나 내무장관이 보내주겠다고 개인적으로 약속했던 경찰들의 모습은 보이지 않았다. 남편을 이곳, 그녀의 옛집이 아닌 칼턴 가든스에 묵게 할 것을. 진을 친 사람들은 서로 경쟁사에서 나왔을 텐데도 여름 저녁 선술집 밖을 어정대는 남자들처럼 무리 지어 허물없이 대화를 나누고 있었다. 바닥에 무릎을 꿇고 알루미늄으로 된 카메라 다리에 뭔가를 부착하는 사람도 있었다. 그가 창가를 살피다 그녀를 본 듯했다. 카메라가 재빨리 움직이며 그녀에게 초점을 맞추었고, 로즈는 무표정하게 그를 바라보았다. 카메라 렌즈와 얼굴의 높이가 거의 같아졌을 즈음 로즈는 창가에서 물러나 옷을 갈아입으러 2층으로 갔다.

십오 분쯤 뒤에 그녀는 다시 조심스레 밖을 탐색했다. 이번에는 두 층 위 거실 창을 통해서였다. 소아과병동에서의 힘든 하루를 앞둔 지금 컨디션은 그녀가 원하는 대로였다. 마음은 차분하고 머리는 맑아져 일을 시작하고 싶어 근질근질한 그 기분. 수술 전날은 손님을 초대하지 않고, 저녁식사 때 와인도 마시지 않으며, 한 시간 정도 메모 내용을 체크하고 일곱 시간 동안 숙면하는 게 로즈의 원칙이었다. 그녀는 이 분위기를 그대로 유지하고 싶었다. 그래서 홀린 듯하면서도 흔들림 없이 그 무리들을 내려다보았다—그들은 이제 아홉 명으로 불어나 있었다. 조금 전 그 기자는 카메라 다리를 접어 난간에 기대놓았다. 호스페리 로드의 테이크아웃 카페에서 커피를 한 판 가득 날라오는 이도 있었다. 그들이 저토록 원하면서 아직 수중에 넣지 못한 것은 과연 무엇일까? 게다가 이렇게 이른 아침이라니. 저런 일에서 얻게 되는 만족감이란 어떤 것일까? 집 앞을 기웃거리는 저들은 어쩌면 저리 닮은꼴일까? 마치 한 우물에서 건져올린 유전자를 심어놓은 것처럼 큰 얼굴에 턱살은 늘어져 있고, 가죽재킷을 입고 거들먹거리는 모습들이라니. 사내들은 한결같이 코크니*와 상류층인 양하는 옥스퍼드식 어투가 묘하게 뒤섞인 억양으로 말했으며, 그런 말투로 부탁하는 듯하면서도 공격적으로 징징대는 것 역시 똑같았다. "여기요, 이쪽이요, 가머니 여사! 로즈!"

옷을 입고 나갈 준비를 끝낸 로즈는 남편에게 줄 차와 조간신문 뭉치를 들고 어둑어둑한 침실로 들어갔다. 침대 발치에서 그녀는 주저했다. 최근 들어 남편은 힘든 나날을 보내고 있었다. 또다시 반복될 힘겨운 하루를 맞으라고 그를 서둘러 깨운다는 게 내키지 않았다. 그녀는 어젯밤 윌트셔에서 돌아온 남편이 밤늦게까지 잉마르 베리만 감독의 〈마술피리〉 비디오를 틀어놓고 스카치를 홀짝였다는 사실을 알고

* 런던의 서민과 젊은층이 주로 쓰는 어투.

있었다. 그러고 나서 그는 자신의 일그러진 욕망을 충족시켜주던 그 여자, 몰리 레인으로부터 온 편지들을 모두 끄집어냈다. 다행히 이미 지난 일이었고, 다행히 그 여자는 죽었다. 편지들은 여전히 양탄자 위에 널려 있었다. 파출부가 오기 전에 다 치워야 할 텐데. 이불 밖으로는 남편의 정수리만 보였다—쉰둘의 나이에도 그의 머리는 여전히 검었다. 그녀는 남편의 머리를 가만히 쓰다듬었다. 회진할 때 간호사가 그녀를 대신해 아이들을 이런 식으로 깨우곤 했다. 잠에서 깨어나 그곳은 집이 아니고 자신을 깨운 것도 엄마의 손길이 아님을 알아차릴 때 어린아이의 눈에 어리는 혼란을 보면 로즈는 마음이 아팠다.

"여보." 그녀가 속삭였다.

남편의 목소리는 겨울 이불 속에 묻혀 조그맣게 들렸다. "그 사람들 아직 밖에 있어?"

"아홉 명이야."

"빌어먹을."

"난 이제 나가봐야 해. 전화할게. 이거 마셔."

가머니는 얼굴에서 이불을 걷어내고 일어나 앉았다. "참, 그 여자애 캔디라고 했지. 행운을 빌어."

남편과 가볍게 입을 맞추며 로즈는 그의 손에 컵을 쥐여주었다. 그녀는 그의 볼을 어루만지며 바닥에 편지들이 있다고 상기시켰다. 그러고 나서 조용히 방을 나와 아래층으로 내려가 병원에 있는 비서에게 전화를 했다. 현관에서 로즈는 두꺼운 모직코트를 입고 거울을 보며 매무새를 다듬었다. 그리고 서류가방과 열쇠, 스카프를 들어올리려다 마음을 바꿔 다시 위층으로 올라갔다. 남편은 짐작대로 등을 기대고 팔을 축 늘어뜨린 채 졸고 있었다. 차는 외무부 서류 뭉치 옆에서 식어가고 있었다. 사진은 금요일인 내일 매스컴을 타게 될 것이다. 그 때문에 남편은 전에 없던 위기에 몰려 지난 한 주를 눈코 뜰 새 없이 보냈다. 남편과 환자들에 대한 얘기를 나눌 수 있는 시간도 없었고, 그러고 싶다는 생각조차 할 수 없었다. 이름을 기억하는 버릇은 노회한 정치가의 처세술이라는 사실을 그녀도 잘 알고 있었지만, 그럼에도 그의 마음씀씀이가 고마웠다. 로즈는 남편의 손을 살짝 건드리며 속삭였다.

"줄리언."

"이런." 가머니는 눈을 감은 채 말했다. "첫 미팅이 여덟시 반인데. 꼼짝없이 저 뱀들 곁을 지나치게 생겼군."

그녀는 아픈 아이를 둔 부모들을 위로할 때처럼 말했다. 천천히, 대수롭지 않은 듯, 심각하기보다는 쾌활한 목소리로. "걱정 말아, 모든 게 잘될 거야."

가머니는 아내를 바라보며 소용없다는 투의 미소를 지었다. 로즈는 그에게로 몸을 굽히며 귀에 대고 속삭였다. "날 믿어."

아래층으로 내려간 로즈는 거울을 보며 매무새를 고쳤다. 외투 단추를 꼭 채우고 얼굴은 반쯤 가리도록 스카프를 맸다. 그리고 가방을 들고 현관을 나섰다. 통로까지 내려온 그녀는 자물쇠에 손을 얹고 출입문 앞에서 잠시 걸음을 멈추었다. 그리고 문을 열고 냅다 차를 향해 뛰리라 마음을 다잡았다.

"여기요, 로즈! 이쪽이요! 좀 슬픈 표정으로 여길 보라고요, 가머니 여사!"

2

같은 시각 서쪽으로 5킬로미터쯤 떨어진 곳, 잠에서 깨어나던 버넌 핼리데이는 꿈인지 회상인지 분간할 수 없는 상태로 도로 빠져버렸다. 달리는 꿈 같기도 하고 생생한 꿈처럼 달리던 기억 같기도 했다. 그는 먼지 낀 붉은 양탄자가 깔린 복도를 따라 회의실로 달려가고 있었다. 지각, 또 지각이다. 동료들에게 자기들을 무시한다고 항의를 받을 만큼 늦었다. 회의를 마친 버넌은 다음 회의를 향해 달렸고, 점심식사 전에 아직 회의가 일곱 번 더 남아 있었다. 걷는 것처럼 보여도 마음속으로는 질주하고 있었다. 일주일 내내 그는 노해서 펄펄 뛰는 문법가들과 〈저지〉의 의심 많은 이사진 앞에서, 실무진과 고문변호사와 버넌 자신의 변호사, 조지 레인의 패거리들과 언론중재위원회, 생방송 텔레비전 프로그램의 방청객들 앞에서, 일일이 헤아릴 수도 없고 기억조차 나지 않는 갑갑한 라디오 스튜디오에서 논쟁을 벌여야 했다. 버넌은 클라이브에게 그랬듯 사진을 공개하는 일이 대중의 알 권리를 위한 것임을 강조했다. 그러나 클라이브와 얘기할 때보다 버넌의 논리는 훨씬 매끄럽고 상세하면서도 신속했고, 설득력이 있었으며 취지가 분명했다. 원그래프와 막대그래프, 스프레드시트와 불안을 가라앉혀줄 선례들이 점점 불어났다. 하지만 버넌은 시종 숨이 턱에 닿도록 달리고 있었다. 택시를 부르며 혼잡한 거리를 횡단하고, 택시에서 내리자마자 대리석 로비를 가로질러 승강기에 타고, 승강기에서 내려서는 가파른 복도를 달렸다. 복도는 짜증날 만큼 너무 가팔랐고 그렇다보니 걸음이 더뎌져 약속시간에 더 늦었다. 버넌은 그 순간 잠에서 깨어나 아내 맨디가 이미 침대를 빠져나간 후라는 것을 알아챘지만 어느새 눈이 다시 감기고 꿈속으로 돌아가 서류가방을 옆구리에 끼고 붉은 양탄자에 흥건한 물인지, 피인지, 눈물인지를 건너고 있었다. 버넌은 물살에 휩쓸려 어느 원형극장까지 떠내려갔고 거기서 자신의 주장을 진술하기 위해 연단에 올랐다. 삼나무숲처럼 그를 에워싼 주변은 침묵 그 자체였고 어둠 속의 수많은 눈동자들이 그를 외면했다. 누군가 그의 곁을 피해 서커스장의 톱밥 위를 가로질러 걷고 있었다. 몰리? 그가 불렀지만 아무 대답이 없었다.

마침내 버넌은 아침을 여는 평화로운 소리에 둘러싸여 완전히 깨어났다—새의 지저귐, 부엌에서 나지막이 들려오는 라디오 소리, 옷장문이 조용히 여닫히는 소리. 이불을 젖히고 벌거벗은 몸으로 바로 누우니 중앙난방으로 데워진 공기가 가슴에 맺힌 식은땀을 걷어갔다. 꿈은 그가 보낸 한 주가 주마등처럼 스쳐간 것이나 다름없었다. 적어도 그

속도와 감정적 소모의 정도는 그랬다. 다만 무의식을 장악한 게릴라적 편견 때문인지, 지금까지 그를 미치지 않도록 지탱해준 전략과 원리원칙은 빠져 있었다. 신문에 사진이 실리는 것은 금요일인 내일이다. 화제성을 유지하기 위해 사진 한 장은 월요일에 내보내려고 아껴두었다. 기사는 이미 살아 꿈틀거리고 있었으며 발 달린 생물처럼 버넌보다도 빨리 달리고 있었다. 가처분신청이 기각된 이후 수일에 걸쳐 〈저지〉는 가머니의 사연을 추적하며 독자들의 호기심을 적절히 자극해왔다. 그로 인해 아무도 본 적 없는 이 사진들이 의회에서 선술집에 이르기까지 사람들이 모이는 곳이라면 어디서나 회자되는 최대 정치 이슈가 되었으며, 웬만한 인사들이라면 한마디 보태지 않을 수 없는 중대 사안이 되었다. 신문에는 법정 다툼과 내각 동료들의 냉담한 태도, 총리의 난감한 입장, 야당 중진들의 '심각한 우려', 영향력 있는 인사와 공공선에 대한 기사가 실렸다. 〈저지〉는 사진 공개를 반대하는 사람들의 비난에도 지면을 할애했으며, 사생활보호법의 필요성에 대한 텔레비전 프로그램도 후원했다.

이의를 제기하는 목소리들에도 불구하고 〈저지〉에 유리한 여론이 폭넓게 조성되었다. 〈저지〉는 투쟁정신을 갖춘 품격 있는 신문이며, 현 정부는 장기집권을 한 탓에 경제적, 도덕적, 그리고 성적으로 타락했다, 그 대표적 인물인 가머니는 당장 목을 베어 접시에 올려야 마땅한 비열한 인간이라는 것이었다. 일주일 사이 〈저지〉의 판매부수는 10만 부 가까이 뛰어올랐다. 버넌은 반대여론이 아닌 각 부서장들의 침묵에 맞서 싸우는 기분이었다. 원칙에 입각한 자신들의 반대의사가 회의록에 남아주는 한, 그들도 속으로는 버넌이 일을 계속 추진해주기를 바라는 것이다. 버넌은 논쟁에서 승리를 거두고 있었다. 왜냐하면 평기자들을 포함한 모든 직원이 이제는 두 마리 토끼를 한 손에 넣을 수 있다는 것을 목격했기 때문이다—신문을 구하는 동시에 양심도 더럽히지 않는 일이었다.

버넌은 기지개를 켜고 몸서리를 치며 하품을 했다. 첫 회의까지 칠십오 분 남았다. 곧 일어나 면도와 샤워를 해야겠지만 아직은 아니었다. 하루 중 유일하게 평온한 이 시간을 조금이나마 더 누리고 싶었다. 침대 시트 위의 벌거벗은 몸, 발목 주변에 제멋대로 엉켜 있는 이불. 나이에 비해 아주 불룩하진 않은 배 밑으로 자신의 성기가 언뜻 보였다. 아스라한 여름날의 구름처럼 희미한 성욕이 속에서 떠다녔다. 그러나 맨디는 곧 일하러 나갈 것이고, 하원에서 일하는 요즘 애인 데이나는 화요일까지 외국에 머물 예정이었다. 그는 옆으로 돌아누우며 자위를 할까 생각해봤다. 그렇게 해서 머리를 비우면 일에 박차를 가할 수도 있지 않을까. 그는 멍한 손길로 성기를 어루만지다가 그만두었다. 요즘 들어 집중력이 달리고 머리가 멍했다. 행동도 나뭇가지 두 개를 비벼 불을 피우는 것처럼 묘하게 구태의연하고 비현실적인 구석이 있었다.

안 그래도 요즘 버넌은 생각할 것이 많았다. 공상보다 더 스릴 넘치는 일들이 현실세계에서 일어났다. 그가 했던 말, 그가 하게 될 말, 그 말들이 받아들여지는 방식과 일의 추이, 그리고 예측하기 힘든 성공의 파급효과…… 지난 한 주 동안 거의 매시간 버넌은 자신의 힘과 잠재력을 새로이 확인했고, 자신의 설득력과 기획력이 성과를 보이자 도량이 넓어지고 마음도 편안해졌다. 약간 냉혹해진 감도 없지 않았지만 궁극적으로는 잘된 일이다. 그는 폭풍에 맞서 홀로 싸울 준비가 되어 있었고, 같은 세대들이 지닌 사고의 폭을 뛰어넘었으며, 나라의 운명이 그의 손에 달려 있다 해도 과언이 아니었으니까. 더불어 버넌은 자신이 그 무게를 능히 견딜 만한 사람이라고 믿었다. 견디는 것만으로는 부족했다—그는 이 무게가 필요했다. 그가 짊어진 이 사명은 다른 누구도 질 수 없는 무게여야 했다. 조지가 대리인을 시켜 자신의 정체를 숨기고 익명으로 사진을 공개 매각했을 때 버넌이 아니라면 누가 그리 단호하게 움직일 수 있었을까. 다른 여덟 군데 신문사도 입찰에 참여했던 터라 버넌은 확실한 낙찰을 위해 시작가의 네 배에 해당하는 가격을 제시해야 했다. 얼마 전까지만 해도 두피에 감각이 없어지고 자신이 존재하지 않는 것 같은 느낌에 시달렸다는 것이 이제는 이상할 정도였다. 그 비존재감은 광기 혹은 죽음에 대한 공포 때문이었을까. 몰리의 장례식 이후 신경이 날카로워졌던 모양이다. 그는 이제 손끝 발끝까지 목표와 존재감으로 차 있었다. 기사는 꿈틀거리며 살아 있고, 그 역시 그랬다.

그러나 그의 완벽한 행복을 방해하는 작은 문제가 하나 있었으니, 바로 클라이브였다. 그는 머릿속으로 자주 클라이브와 대화를 나누며 그날 저녁 했어야 할 말을 모두 덧붙이고 자신의 논지를 굳건히 했다. 그 정도면 이사회라는 공룡을 상대로 승리를 거두었듯 오랜 친구도 납득시킬 수 있다고 자부할 정도였다. 그러나 클라이브와 싸운 후로 얘기를 나눌 기회가 없었고, 사진이 기사화될 날이 임박할수록 버넌은 걱정이 커졌다. 클라이브는 속병을 앓고 있을까? 화가 나 있을까? 아니면 세상이야 어찌 돌아가든 일에 미쳐 작업실에 박혀 있을까? 이번주에도 몇 번이나 버넌은 잠깐 틈을 내 클라이브에게 전화를 해볼까 망설였다.

하지만 클라이브에게 새로 공격을 당하면 회의에 지장을 받을 게 뻔했다. 이리저리 뒤엉켜 있는 베개들 너머로 침대 옆 전화기가 눈에 들어와 버넌은 급히 전화기로 손을 뻗었다. 머리만 굴리고 있다가는 또다시 비겁자가 될 터였다. 그는 이 우정을 되살려야 했다. 그러기엔 이렇게 평온한 시간이 가장 적당했다. 겨우 여덟시 십오분밖에 되지 않았다는 걸 알아차렸을 때 신호음은 이미 울리고 있었다. 전화하기엔 너무 이른 시간이었다. 짐작대로 클라이브가 수화기를 더듬더듬 드느라 달그락대는 소리가 들려왔다. 아직 잠에 취해 몽롱한 사람의 기척이었다.

"클라이브? 나야, 버넌."

"누구?"

"버넌이야. 잠을 깨웠군. 미안해……"

"아, 아냐. 전혀. 전화기 바로 옆에 서 있었어. 생각을 좀 하느라……"

수화기 너머로 시트 스치는 소리가 들렸다. 클라이브가 침대에서 자리를 고쳐 앉는 모양이었다. 전화를 받을 때 잤으면 잤다고 솔직하게 말하는 사람이 드문 건 왜일까? 그것이 방어해야 할 인간적 약점일까? 다시 들려온 클라이브의 목소리는 그리 탁하지 않았다.

"안 그래도 전화하려고 했는데, 다음주에 암스테르담에서 리허설이 잡혀서. 죽어라 일만 했지."

"나도 그래." 버넌이 말했다. "이번주에는 눈코 뜰 새 없었어. 그건 그렇고 그 사진들에 대해 자네와 다시 얘기했으면 해서."

잠시 침묵이 흘렀다. "아, 맞아. 그 사진. 계속 추진중이려니 생각했는데."

"다양한 의견을 수렴한 결과 내보내자는 쪽으로 결정이 났어. 내일

이야."

클라이브가 낮게 헛기침을 했다. 그리고 정말 어느 쪽이든 개의치 않는 듯 말했다. "음, 내 의견은 벌써 말했잖아. 우린 그저 각자의 의견 차를 인정하면 돼."

버넌이 말했다. "이 일로 우리 사이가 벌어지지 않았으면 좋겠군."

"그럴 리가 있나."

화제는 다른 쪽으로 넘어갔다. 버넌은 자연스럽게 한 주 동안 일어난 일들을 대충 알려주었다. 클라이브는 밤을 새워가며 작업을 했으며 교향곡이 결말을 향해 성큼 나아갔다는 것, 그리고 레이크 디스트릭트로 하이킹을 간 게 정말 잘한 일이었다고 말했다.

"아, 맞아. 하이킹은 어땠어?" 버넌이 물었다.

"앨런 크랙스라는 데로 등반을 갔었지. 거기서 돌파구를 찾았어. 순수한 영감, 멜로디 말이야……"

그때 버넌의 전화에서 다른 통화의 대기음이 울렸다. 대기음은 두 번, 세 번 울리고는 멈췄다. 사무실이었다. 아마도 프랭크 디븐일 것이다. 결전의 날이 드디어 시작되고 있었다. 버넌은 알몸으로 침대 가장자리에 앉아 손목시계를 냉큼 집어들어 자명종과 맞춰보았다. 클라이브가 화를 내지 않아 다행이었다. 이제 나가볼 시간이다.

"……그 사람들 있는 데선 내가 보이지 않았을 거야. 뭔 일 날 것 같더라고. 난 뭔가 결단을 내려야 했는데……"

"음," 버넌은 거의 삼십 초 간격으로 이 소리를 반복했다. 그는 전화선을 되도록 길게 잡아당기고 한 발로 선 채 다른 발로는 깨끗한 속옷을 찾아 빨랫더미를 더듬고 있었다. 샤워는 글렀다. 거품 면도도 물론.

“……남자가 여자를 흠씬 팰 기세더라고. 그런데 다시……”

“음.”

버넌은 수화기를 뺨과 어깨 사이에 끼운 채 셀로판 포장지에서 부스럭 소리를 내지 않고 셔츠를 꺼내려 애썼다. 세탁소에서 셔츠 단추를 남김없이 잠가주는 행동은 무료함에서 오는 걸까, 가학적인 취미일까?

“……800미터쯤 가니까 책상으로 쓸 만한 바위가 나오더군……”

버넌이 바지를 반쯤 입었을 때 통화중 대기음이 다시 울렸다. “아무렴.” 그가 말했다. “바위 책상이라. 그 상황이라면 누구라도 그럴 거야. 그런데 클라이브, 이러다 회사에 늦겠어. 가봐야 될 것 같아. 내일 한잔 어때?”

“아, 그래. 좋지. 일 끝나고 들러.”

3

신문사에서 제공한 소형차 뒷좌석에서 내린 버넌은 〈저지〉 사옥 바깥 인도에 멈춰 서서 구겨진 양복 매무새를 고쳤다. 검은색과 적색의 대리석으로 마무리된 건물 로비를 급히 지나자 프랭크 디븐이 승강기 옆에서 기다리고 있었다. 프랭크는 스물여덟이 되던 해 생일날 국제부 차장이 되었다. 그후 사 년이 흐르고 부장 세 명이 거쳐갔으나 그는 여전히 차장 신세였다. 쑤군대는 소리에 의하면 적잖이 조바심을 치는 모양이었다. 여위고 주린 듯한 생김새 때문에 동료들은 그를 카시우스라고 불렀지만 딱 들어맞는 표현은 아니었다. 그의 검은 눈, 길고 창백한 얼굴, 덥수룩한 수염은 취조실에서 신문하는 형사 같은 인상을 풍겼다. 좀 내성적이긴 해도 예의가 발랐고, 사물을 삐딱하게 틀어보는 지성은 사람을 끄는 데가 있었다. 버넌은 별다른 이유 없이 프랭크가 껄끄러웠지만 가머니 소동 초기에 그를 다시 보게 되었다. 편집국장에 대한 직원노조의 불신임안이 통과되고 버넌이 클라이브와 다투었던 날 저녁, 이 젊은이는 어깨를 축 늘어뜨리고 어두운 거리를 걷던 버넌의 뒤를 몰래 밟았고 가까이 다가와 버넌의 어깨를 어루만지며 한잔하자고 제안했다. 디븐의 어조는 어딘지 설득력이 있었다.

두 사람은 버넌이 잘 모르는 어느 뒷골목의 술집으로 들어갔다. 색바랜 붉은 벨벳으로 꾸민 실내에는 담배 연기가 자욱했다. 버넌과 프랭크는 덩치 큰 주크박스 바로 뒤편 칸막이 자리에 앉았다. 프랭크는 진토닉을 마시며 상황이 돌아가는 방식에 대한 자신의 조용한 분노를 털어놓았다. 전날 저녁의 투표는 벌써 수년 전부터 불만을 품어온 사내의 불순분자들이 주도한 것이고, 프랭크 본인은 업무가 밀려 그 회의에 참석하지 못했다고 했다. 프랭크는 자기와 생각이 같은 사람들이 많으며, 그들은 〈저지〉가 영향력을 넓히고 살아 있는 언론으로 가머니 때리기 같은 대담한 일을 하길 원한다고 했다. 그러나 지금은 문법가들의 죽은 손에 인사와 승진의 모든 열쇠가 쥐어져 있다. 늙다리 문법 수호자들은 삼십대 미만의 젊은이들에게 주도권을 넘겨주느니 차라리 신문사가 망하는 걸 원할 거다. 꼬장꼬장한 노인네들은 왕실이나 팝 음악 소식을 신속하게 기사화하는 것은 물론 활자 크기를 키우는 것, 생활정보, 점성술, 건강, 가십 칼럼, 가상 빙고게임, 상담 지면을 늘리자는 데 결사반대했다. 그러더니 이제 〈저지〉를 살릴 수 있는 유일한 사람인 편집국장을 일제히 몰아세우고 있는 것이다. 목소리를 내지 않을 뿐, 젊은 기자들 중에는 버넌을 지지하는 층이 있다고 했다. 다만 먼저 나서서 총알받이가 되고 싶은 사람이 없을 뿐이라는 것이다.

갑자기 마음이 홀가분해진 버넌은 술을 더 시키려고 바로 갔다. 버넌이 젊은 기자들의 말에 귀를 기울이고 그들을 끌어들이기 시작한 것은 정확히 그 순간이었다. 버넌이 테이블로 돌아오자 프랭크는 담뱃불을 붙이고 깍듯이 몸을 돌려 연기를 칸막이 밖으로 내뿜었다. 그는 넙죽 술을 받아마시며 얘기를 계속했다. 물론 자신은 사진을 보진 못했지만 그것들을 공개하는 게 옳다는 건 안다, 버넌의 편에 서고 싶다, 아니, 그것을 넘어 실제로 도움이 되길 원한다. 그러나 바로 그렇기 때문에 자신이 편집국장의 편임을 공공연히 드러내는 것은 좋은 생각이 아니다…… 프랭크는 양해를 구하고 푸드 카운터로 가서 소시지와 으깬 감자를 주문했다. 버넌은 아무도 기다리는 이 없는 국제부 차장의 썰렁한 오피스텔을 떠올렸다.

프랭크는 돌아와 앉자마자 이렇게 말했다. "제가 연락책을 맡겠습니다. 젊은 직원들의 의견을 전해드릴 수 있을 겁니다. 국장님의 진짜 지지세력이 어디에 있는지 찾아낼 수 있습니다. 그러자면 전 아무 관계 없는 중립적인 인물로 보여야 할 텐데, 괜찮습니까?"

버넌은 확답을 하지 않았다. 확실치도 않은 상황에서 사내 스파이와 덜컥 손을 잡아버리기엔 그의 연륜이 너무 길었다. 버넌은 가머니의 정책으로 화제를 돌렸다. 두 사람은 반시간 정도 가머니를 함께 욕하며 유쾌한 시간을 보냈다. 그러나 사흘 후, 분주히 뛰어다니는 와중에 격렬한 반대에 부딪혀 조금—아주 조금—이나마 마음이 흔들리기 시작하자 버넌은 프랭크와 함께 다시 그 술집을 찾았다. 그리고 전과 같은 자리에 앉아 프랭크에게 사진을 보여주었다. 효과는 확실했다. 프랭크는 아무 말 없이 고개를 설레설레 저으며 사진을 차례대로 천천히 바라보았다. 그리고 사진들을 다시 봉투에 담으며 조용히 말했다. "믿기지 않아요. 사람이 이렇게 위선적일 수가."

잠시 침묵이 흐른 후 프랭크가 덧붙였다. "국장님은 이 일을 해야만 합니다. 반대세력에 밀려 포기하시면 안 돼요. 총리가 되겠다는 가머니의 꿈은 물거품이 될 겁니다. 이걸로 완전히 끝장나겠군요. 국장님, 전 정말 도와드리고 싶습니다."

젊은 기자들의 지지가 프랭크가 장담한 것만큼 눈에 띄진 않았다. 그러나 〈저지〉 전체가 그에게 침묵으로 맞서는 동안 사내에서 어떤 이야기들이 오가는지 정확하게 파악하는 일은 무엇보다 중요했다. 버넌은 주크박스 뒤에서의 회동을 통해 반대세력들 사이에 금이 가기 시작한 건 언제부터이고 이유는 뭔지, 자신의 논점을 밀어붙여야 하는 시점은 언제인지 알게 되었다. 전략을 세우고 그것을 실행에 옮기는 동안 문법가들 중에 누구를 소외시키고 누구를 포섭해야 할지도 정확히 알았다. 버넌은 자신의 전략을 프랭크에게 타진해볼 수 있었고, 몇 가지 좋은 의견을 제시받았다. 무엇보다 중요한 것은 버넌에게 대화할 상대가 있다는 사실이었다. 역사적 사명감과 흥분을 서로 나누며 사건의 중대한 본질을 꿰뚫어보고, 다른 사람들은 비판만 늘어놓을 때 서로 용기를 북돋워주는 사람 말이다.

총무국장이 합세해 전략과 기사 예고가 활자화되고 판매부수가 올라가며 직원들 사이에 조용하지만 감출 수 없는 흥분이 퍼져가자 프랭크와의 만남은 중요성을 잃어갔다. 그러나 버넌은 프랭크의 충정에 보답할 만한 것을 찾았고, 내심 그를 레티스가 맡고 있는 기획취재부 부장 자리에 앉혀야겠다고 작정했다. 레티스는 샴쌍둥이 건을 질질 끌면서 집행유예에 들어갔고, 체스 기사 건이 사형선고의 정당한 근거를 마련해주었다.

목요일 아침, 사진 공개 하루 전인 지금 버넌과 그의 부관은 덜덜거리는 구식 승강기를 타고 4층으로 오르고 있었다. 버넌은 연극을 하던 대학시절이 떠올랐다. 최종 리허설 때면 손에 진땀이 흐르고 속이 더부룩해지며 설사가 났다. 오전회의가 끝날 즈음이면 원로 편집자들과 원로 기자들을 비롯해 꽤 많은 직원들이 사진을 본 다음일 것이다. 초판 인쇄는 다섯시 십오분에 들어간다. 최종판이 찍히는 아홉시 반도 채 되기 전에 여장 차림의 고혹적 눈빛을 띤 가머니의 사진은 크로이든에 새로 지은 인쇄소의 강철롤러 위에서 파렴치한 얼룩으로 변할 것이다. 다른 신문사들은 달려들어봤자 뒷북만 치는 꼴이리라. 열한시경에는 신문배송 트럭이 도로를 질주할 것이다. 그때가 되면 돌이킬 수 없다.

"신문 봤지?" 버넌이 말했다.

"죽여주던데요."

오늘은 정론지를 포함한 모든 신문이 관련 기사를 싣지 않을 수 없었다. 타이틀이며 급조해낸 기사에서는 모두 망설임과 시샘이 묻어났다. 〈인디펜던트〉는 10개국의 개인생활보호법에 관한 싱거운 기사를 실었다. 〈데일리 텔레그래프〉에서는 한 심리학자가 크로스드레싱에 관한 겉만 번드르르한 이론을 실었고, 〈가디언〉은 두 페이지에 걸쳐 칵테일드레스를 입은 J. 에드거 후버*의 사진을 중심으로 공개적인 복장도착 행위를 비웃으며 교조적 입장을 취했다. 어떤 신문도 〈저지〉를 언급

---

* 1924년부터 1972년 사망할 때까지 FBI 국장으로 재직하며 공산주의 색출에 앞장섰으며, 강한 호모포비아를 드러냈지만 그 자신이 동성애자였던 것으로 추정된다.

하지 않았다. 〈미러〉와 〈선〉은 윌트셔의 농장에 가 있는 가머니에게 초점을 맞추었다. 두 신문 모두 외무장관과 그의 아들이 헛간의 어둠 속으로 사라져가는 모습을 망원렌즈로 잡은 초점이 흐릿한 사진을 실었다. 뒤로는 거대한 헛간 문이 입을 쩍 벌리고 있고 빛이 가머니의 어깨로만 떨어져 팔이 어둠에 감춰진 그 사진은 기억 속으로 퇴장하게 될 한 남자의 모습을 암시했다.

2층과 3층 사이에서 프랭크는 구동장치를 멈추는 버튼을 주먹으로 쳤다. 승강기가 무섭게 덜컹거리며 멎었고 버넌의 심장은 조여들었다. 황동과 마호가니로 요란하게 꾸며진 승강기가 끼이익 소리를 내며 수직통로에서 흔들렸다. 전에도 이번처럼 신속한 회의를 가졌던 적이 두어 번 있었다. 버넌은 공포를 감추고 태연한 척해야 한다고 생각했다.

"요점만 말씀드릴게요." 프랭크가 말했다. "회의에서 맥도널드가 간단한 발언을 할 겁니다. 딱히 그들의 생각이 틀렸다는 말도, 국장님을 용서한다는 말도 아닐 테죠. 하지만 아시죠, 곧 축하인사가 오갈 것이고 우린 잘해왔으니까 이대로만 나가면 됩니다."

"좋아." 버넌이 말했다. 사과가 아닌 척 사과하는 부국장의 말을 듣는 재미도 쏠쏠할 것이다.

"말하자면 맞장구를 치는 사람들도 있고, 박수도 나올지 모르고 뭐 그럴 거라는 거죠. 국장님만 괜찮으시다면 전 조용히 입다물고 있겠습니다."

방치됐던 반사근이 바짝 조여드는 것처럼 버넌의 마음에 얼핏 불안이 스쳐갔다. 불신과 더불어 의혹이 일었지만 손을 쓰기엔 이미 늦었으므로 그는 말했다. "그럼. 자네는 내 비장의 카드 아닌가. 지금부터 며

칠이 특히 중요할 거야."

프랭크가 다시 버튼을 눌렀지만 잠시 아무 반응이 없었다. 이어 승강기가 쿵 주저앉나 싶더니 덜컹거리며 위로 올라갔다.

진은 평소처럼 편지와 팩스, 서류를 한 꾸러미 들고 접이식 문 앞에서 있었다.

"직원들이 6호실에서 기다리고 있습니다."

첫 미팅은 광고부와의 회의였다. 그들은 이번이 광고 요금을 올릴 적기라고 생각했다. 버넌은 일단 보류했다. 복도—버넌의 꿈에 나온 붉은 양탄자가 깔려 있는 그곳—를 바삐 걸어가는데 미술부 직원 두 명이 따라붙었고, 바로 그때 프랭크가 슬그머니 멀어지는 것이 눈에 띄었다. 본문을 늘리고 사진을 자르자는 미술부의 요구가 있었으나 버넌의 마음속에는 이미 기사 형태가 완성된 후였다. 부고기사 담당인 매니 스켈턴이 벽장만한 사무실에서 허둥지둥 달려나와, 성큼성큼 걷고 있는 버넌에게 타이핑한 원고 몇 장을 쥐여주었다. 아마 가머니가 목을 맬 경우를 대비해 준비해둔 원고일 것이다. 독자투고란 담당자도 합류해 첫 회의 전에 몇 마디 나누고 싶어했다. 그는 독자투고가 쏟아질 테니 전면을 할애해달라고 요청했다. 6호실을 향해 걷는 버넌은 어느덧 넉넉하고 자상하고 단호하며 선한 자신으로 돌아와 있었다. 다른 사람이라면 어깨를 누르는 중압감을 느꼈을 테지만 그는 날아갈 듯한 가벼움을 느꼈다. 그렇다. 빛을, 자신에게 주어진 권한과 공공의 선이 하나되어 타오르는 불꽃을 느끼고 있었다. 그의 단호한 손길로 국가라는 기관에서 종양을 잘라낼 순간이 임박한 것이다. 이것이 바로 가머니의 사임 후 그가 논설에서 쓰려고 준비해둔 이미지였다. 위선은 까발려지고 나라는 유럽의 일원으로 남을 것이며 사형제와 징병제는 한낱 정신병자의 꿈이 될 것이다. 사회복지제도는 어떤 형태로든 유지될 것이며 지구환경은 이상적인 해결책을 얻을 것이다. 버넌은 콧노래를 흥얼거릴 지경이었다.

콧노래를 부르지는 않았지만 그로부터 두 시간은 오페레타의 희극적 활기를 만끽하는 시간이었다. 모든 아리아가 버넌의 것이었고 혼성합창은 그를 찬양하고 그의 생각을 조화롭게 반영하고 있었다. 열한시가 되자 평소보다 많은 직원이 편집회의를 위해 버넌의 사무실로 몰려왔다. 각 부의 부장, 차장, 평기자들이 의자를 빽빽이 채우고 빈틈없이 벽을 메우는 것도 모자라 창틀이나 라디에이터에까지 걸터앉았다. 사무실 안으로 들어오지 못한 사람들은 문밖에 무리 지어 서 있었다. 편집국장이 사람들 틈을 비집고 겨우 자리에 앉자 웅성거리던 소리가 잠잠해졌다. 버넌은 언제나처럼 별다른 서두 없이 곧장 본론으로 들어갔다. 좋게 보자면 격식에 얽매이지 않는 것이었다. 몇 분간 전날 기사 평가를 끝낸 버넌은 당일의 기사 목록을 훑어보았다. 물론 오늘은 1면 톱을 달라는 사람이 없을 것이다. 버넌에게 주어진 특권으로 통상적인 순서를 뒤집어 국내 뉴스와 정치면을 맨 뒤로 빼는 게 가능했다. 스포츠 담당은 애틀랜타올림픽의 배경에 관한 기사와 영국 탁구 복식조의 현황을 꼬집는 기사를 제안했다. 편집회의에 참석할 만큼 일찍 와본 일이 없는 문학 담당은 졸린 목소리로 음식문화에 관한 어느 소설의 요점을 정리하는데, 표현이 얼마나 현학적인지 버넌이 그의 말을 중도에 잘라야 했다. 예술 담당은 기금 위기를 다루는 기사를, 기획취재부의 레티스 오하라는 마침내 네덜란드 의료계의 비리를 다룬 기사를 준비했다.

산업폐수가 수컷 물고기를 암컷으로 변화시키는 과정에 대한 특집을 제안했다—문제의 기사에 존경을 표하는 것이었다.

국제부 부장이 입을 열자 방안의 이목이 쏠렸다. 가머니가 즉각 사임하지 않을 경우 유럽의 외무장관들과 가머니가 참석하는 회의가 열릴 예정이었다. 이 가능성이 대두되자 실내가 웅성거렸다. 버넌이 정치부 부장 하비 스트로에게 발언권을 넘기자 그가 정치가의 사임 역사에 대해 부연설명을 했다. 최근엔 사임이 드물지만 그것은 관 속에 들어가는 일이나 다름없었다. 총리는 개인적 친분과 충정을 중시할 뿐 정치적 감각은 둔한 인물로 알려져 있어 가머니가 스스로 물러날 때까지 그를 싸고돌 가능성이 충분했다. 그러면 사건은 길어질 테고, 그건 〈저지〉에 도움이 됐으면 됐지 해가 될 리 없었다.

버넌의 요청으로 유통 책임자가 최근 발행부수를 확인해주었다. 십칠 년 만에 최고치였다. 순간 두런대던 소리가 웅성거림으로 커지더니 문가에서 서로 밀치고 발부리가 걸려 넘어지는 소동이 일어났다. 미처 들어오지 못하고 진이 있는 비서실에 서 있던 기자들이 등을 떠밀며 회의실로 진입하려고 했기 때문이었다. 버넌은 소란을 진정시키기 위해 테이블을 탁탁 쳤다. 국내부 부장 제러미 볼은 기사를 발표하기 위해 목청을 한껏 돋워야 했다. 살인사건 용의자로 기소된 열 살짜리 소년이 오늘 법정에 설 예정임. 레이크 디스트릭트의 강간범이 일주일 만에 두번째 범행을 저질렀는데 어젯밤에 한 남자가 체포되었음. 콘월해안에서 기름유출사건이 일어났음. 그러나 모두 귓등으로 흘릴 소리였다. 이 소동을 잠재울 수 있는 화제는 오직 하나였으니까. 마침내 제러미 볼도 양보할 수밖에 없었다. 오늘 사설에서는 가머니 사태와 관련

하여 한 주교가 〈저지〉를 공격하는 내용으로 〈처치 타임스〉에 보낸 편지를 다뤄야 함. 오후에 열릴 의회 평의원 회의 기사도 빠뜨릴 수 없음. 월트셔에 있는 가머니의 선거구 사무실 창으로 벽돌이 날아들었음. 이 소식에 여기저기서 박수가 터졌다. 이어 편집 부국장인 그랜트 맥도널드가 운을 떼자 실내는 조용해졌다.

맥도널드는 〈저지〉의 고참 중 한 사람으로 절대 다듬는 법이 없는 우스꽝스러운 붉은 수염 탓에 얼굴을 알아보기 힘든 거구였다. 스코틀랜드인 행세하기를 좋아하는 그는 사내에서 번스의 밤을 열어 킬트를 입고 참석했고 신년 축하파티에서는 백파이프를 불었다. 버넌은 맥도널드가 머스웰 힐 너머 북쪽으로는 가본 적도 없을 거라고 생각했다.* 공적으로 그는 편집국장을 보좌하는 자리에 있었지만 사적으로는 버넌에게 사사건건 회의적인 태도를 보였다. 그의 이런 회의주의는 어쩌다 사내에 익히 알려지게 되었고, 그것이 지금 모두가 그의 말에 귀를 기울이는 이유이기도 했다.

"이제 와서 하는 말인데요, 놀라는 분도 있겠지만 전 처음부터 이 일이 좀 의구심이 들었다고나 할까요……"

음흉한 서두로 장내에는 한바탕 웃음이 터졌다. 버넌은 그 말의 부정직함에 가벼운 전율을 느꼈다. 이 얼마나 의미심장하고 복잡하고 권모술수로 가득한 말인가. 버넌의 머릿속에 빛바랜 상형문자가 새겨진 반짝이는 금박접시의 이미지가 떠올랐다.

맥도널드는 자신이 품었던 의구심을 나열하기 시작했다—개인의

* 번스는 18세기 스코틀랜드의 소설가이자 시인 로버트 번스를 가리키고, 머스웰 힐은 런던 북부의 한 지구다.

사생활, 타블로이드판 신문과도 같은 접근방식, 숨겨진 정치적 의도 등등. 이윽고 발언의 요지에 이른 그는 목청을 높였다. 프랭크가 전한 대로였다.

"하지만 전 수년간 경험을 통해 이 분야에서는 때로—많이는 아니더라도—자신의 의견을 접어야 할 때가 있다는 것을 배웠습니다. 국장님은 열정과 기자의 동물적 감각으로 이 일을 밀어붙였습니다. 사옥과 신문의 지면에 긴박한 분위기가 감돌고 있습니다. 그 옛날 주 삼일 근무제*를 따르던 호시절이 떠오르는군요. 할말 다 하던 시절이었죠. 오늘날엔 판매부수가 모든 걸 말해줍니다—우리 역시 시류를 탈 수밖에 없죠. 그러니까……" 맥도널드는 버넌 쪽으로 돌아서며 환한 미소를 지었다. "〈저지〉는 다시 도약중이고 모든 것이 국장님 덕분입니다. 정말 감사합니다!"

큰 박수가 터져나오고 이어 다른 사람들이 간단한 축하인사로 분위기를 띄웠다. 버넌은 시선을 탁자의 베니어판 나뭇결무늬에 고정시킨 채 점잖은 얼굴로 팔짱을 끼고 앉아 있었다. 그는 웃고 싶었지만, 미소는 왠지 어울릴 것 같지 않았다. 그는 총무국장인 토니 몬태노가 누가 무슨 말을 하는지 재빨리 받아적고 있는 모습을 만족스레 지켜보았다. 누가 버넌의 편인지 판단하려는 것이었다. 버넌은 그를 따로 불러내 프랭크 디븐은 염려 말라고 할 작정이었다. 프랭크는 주머니에 손을 깊숙이 찔러넣고 의자에 털썩 주저앉아 인상을 찌푸리며 고개를 젓고 있었다.

* 1973년부터 1974년에 걸쳐 전기소비 제한으로 인해 영국에 도입된 근무제.

버넌은 문밖에 서 있는 사람들을 고려해 자리에서 일어나 감사인사에 화답했다. 그가 말했다. 회의실에 있는 사람들 대부분이 사진을 싣는 데 반대했거나 어쩌면 지금도 그렇다는 것을 알고 있습니다. 그러나 그런 의견에 고맙게 생각합니다. 왜냐하면 저널리즘이란 어느 면에서 자연과학과 비슷하기 때문입니다. 최고의 기사는 적수인 반대의견들을 물리치고 살아남는 기사이며, 그 과정을 통해 더욱 강해집니다. 자족감이 드러나는 이 말에 진심어린 박수갈채가 쏟아졌다. 부끄러워할 필요도, 하늘의 징벌을 염려할 필요도 없었다. 박수가 잦아들 무렵 버넌은 사람들 틈을 비집고 벽에 걸린 화이트보드 앞으로 나아갔다. 그는 커다란 백지에 붙어 있던 마스킹테이프를 떼어내고, 두 배로 확대한 다음날 신문의 1면을 공개했다.

사진은 가로 8단 전체에 세로는 지면의 4분의 3을 차지했다. 회의실 전체가 숨을 죽이고 바라보았다. 선이 단아한 원피스와 캣워크의 판타지, 카메라렌즈를 거부하는 척하는 도발적인 포즈, 봉긋한 가슴과 살짝 드러난 브래지어 끈, 광대뼈 위의 희미한 볼터치 흔적, 얇은 입술을 도톰하게 살려준 립스틱, 변신을 했지만 어렵지 않게 알아볼 수 있는 공인의 얼굴에 깃든 내밀한 갈망의 시선. 사진 아래 중앙에는 32포인트 크기의 고딕체로 단 한 줄의 카피가 들어가 있었다. "외무장관, 줄리언 가머니." 1면은 그것뿐이었다.

이제 소란은 완전히 가라앉았고, 침묵이 삼십 초 넘게 이어졌다. 이어 버넌이 목청을 가다듬고 토요일과 월요일의 대처 전략을 설명하기 시작했다. 한 젊은 기자는 나중에 구내식당에서 동료에게 자기 심경을 이렇게 토로했다고 한다. 마치 아는 사람이 대중 앞에서 발가벗겨진 채

채찍질당하는 모습을 보는 것 같더라고. 가면이 벗겨지고 형벌을 받는 모습 같더라고. 그럼에도 뿔뿔이 흩어져 각자의 자리로 돌아갔다가 이른 오후 다시 모일 무렵 그들은 그것이 전문적 수준의 빼어난 작업이라는 점에 대개 동의했다. 기사는 분명 1면 톱의 고전이 되어 언젠가는 언론학과에서 수업교재로 쓰일 것이다. 단순성, 날것 그대로의 적나라함, 강렬한 시각적 충격은 뇌리에 각인되었다. 맥도널드가 옳았다—버넌은 틀림없이 기자로서 동물적 감각이 있는 사람이었다. 버넌은 본문 텍스트를 전부 2면으로 넘겼다. 요란한 헤드라인으로 이목을 끌거나 이러쿵저러쿵 토를 달고픈 유혹도 물리치고 오로지 급소를 찔러줄 생각만 했다. 그는 자신이 소유한 물건의 힘을 알고 있었다. 그는 사진이 모든 걸 얘기하도록 했다.

마지막 한 사람까지 사무실을 나가자 버넌은 방문을 닫고 창을 활짝 열어 탁한 공기를 내보내고 촉촉한 3월의 공기가 들어오도록 했다. 다음 회의까지 오 분가량 남아 있었고 그에겐 생각할 시간이 필요했다. 버넌은 인터폰을 통해 진에게 방해하지 말라고 일러두었다. 같은 생각이 머릿속을 맴돌았다—잘돼가고 있어, 잘돼가고 있어. 그런데 뭔가 있었다. 뭔가 중요하고 새로운 정보였다. 그러나 그걸 짚고 넘어가려 했을 때 뒤이어 나온 비슷비슷한 기삿거리에 휩쓸려 놓치고 말았다. 그걸 듣고 상당히 놀랐는데. 그때 바로 말했어야 했다.

오후 늦게 다시 혼자가 되자 그 생각이 다시 떠올랐다. 그는 화이트보드 앞에 서서 순식간에 스쳐간 그 짧은 순간을 되살리려고 애썼다. 눈을 감고 오전회의에서 나온 발언을 하나하나 차례대로 전부 떠올려보았다. 그러나 집중이 안 되고 자꾸 산만해졌다. 잘돼가고 있어, 잘돼가고 있어. 그 조그만 문제 하나만 아니면 스스로를 부둥켜안고 책상 위에 올라가 춤이라도 출 지경인데. 오늘 아침 침대에 누워 자신의 성공에 대해 찬찬히 곱씹어보고 있을 때와 같은 기분이었다. 클라이브가 자신의 행동에 반대했다는 단 한 가지 이유 때문에 완벽한 행복이 발목 잡혔던 것과도 같은.

거기서 해답이 나왔다. 클라이브! 친구의 이름을 떠올린 순간 기억이 돌아왔다. 버넌은 사무실을 가로질러 전화기로 갔다. 문제는 어이없이 간단한 것이었다.

"제러미? 내 방으로 잠깐 와줄 수 있을까?"

제러미 볼은 채 일 분도 안 돼 사무실로 왔다. 버넌은 그에게 자리를 권한 후 꼬치꼬치 캐묻기 시작했고, 이야기를 들으며 장소와 날짜, 시간, 밝혀진 사실, 혐의점을 메모했다. 어느 한 부분에서 제러미는 사실 확인차 담당기자에게 전화를 걸기도 했다. 국내부 부장이 자리를 뜨자마자 버넌은 개인 전용회선으로 클라이브에게 전화를 걸었다. 이번에도 수화기 저편에서 더듬더듬 덜그럭대는 소리가 나고 침대 시트가 부스럭거렸다. 이 친구는 오후 네시가 넘도록 뭘 하는 걸까. 우울증에 빠진 십대 청소년처럼 하루종일 침대에서 뒹군단 말인가?

"아, 버넌, 난 지금 막……"

"자네가 오늘 아침 한 말 때문에. 물어볼 게 있어. 자네가 레이크 디스트릭트에 간 게 무슨 요일이었지?"

"지난주."

"클라이브, 중요한 일이야. 무슨 요일이야?"

신음과 함께 삐걱거리는 소리가 들려왔다. 클라이브가 힘겹게 몸을 일으키는 모양이었다.

"금요일이었을 거야. 그건 왜……"

"자네가 본 그 사내, 아니, 잠깐. 그 앨런 크랙스에 올라간 게 몇시였다고?"

"한시경이지, 아마."

"잘 들어. 자네가 본 여자를 공격했다는 그놈 말이야. 자넨 그 여자를 도와주지 않기로 했었다며. 그 작자가 레이크 디스트릭트의 강간범이었어."

"처음 듣는 얘긴데."

"신문도 안 봐? 놈은 작년에 여자를 여덟 명이나 겁탈했어. 주로 등산하는 여자들을 노린 거야. 자네가 본 그 여자는 다행히 도망쳤다더군."

"다행이네."

"아니, 그렇지 않아. 녀석이 이틀 전에 다른 사람을 덮쳤다고. 어제 경찰에 체포됐어."

"그럼 된 거잖아."

"되긴 뭐가 돼. 자네는 여자를 도우려고 하지 않았어. 아주 잘한 짓이지. 자네가 나중에 경찰에 신고만 했더라도 또다른 피해가 나오진 않았을 거야."

클라이브가 머릿속으로 상황을 정리하고 있는지 잠시 침묵이 흘렀다. 어쩌면 정신을 차리고 있는지도 몰랐다. 이제 잠기운은 완전히 가셨고 목소리가 굳어 있었다.

클라이브가 말했다. "그럴 리야 없겠지만, 좌우지간 버넌, 자네가 왜

언성을 높이고 그래? 오늘 조증이 도지는 날인가? 원하는 게 대체 뭐야?"

"당장 경찰에 가서 신고해. 자네가 본 걸 말하라고……"

"그럴 수 없어."

"그 남자가 맞는지 확인해줄 수 있잖아."

"교향곡이 막바지 작업으로 들어갔어. 이건……"

"빌어먹을 작업은 무슨. 침대 속에서."

"남이야 뭘 하든."

"뻔뻔하군. 어서 경찰에 가, 클라이브. 자네도 도의적인 책임이 있어."

클라이브는 소리 나게 심호흡을 한 뒤 문제를 재고해보려는 듯 다시 입을 다물었다. 그리고 말했다. "자네 지금 나한테 도의적인 책임을 운운하는 거야? 하고많은 사람 중에 하필 자네가?"

"무슨 뜻이지?"

"그 사진 말이야. 몰리의 무덤에 똥칠할 준비가 돼 있는 자네의……"

존재하지도 않는 무덤에 배설물을 어쩌고저쩌고하는 얘기는 싸움이 도를 넘어섰으며 모든 통제력이 상실되었다는 의미였다. 버넌이 말을 잘랐다. "클라이브, 자넨 세상을 너무 몰라. 누릴 거 다 누리면서 좆도 아는 게 없다고."

"……그러니까 한 남자를 요직에서 끌어내릴 줄 모른다는 거군. 싸구려 저널리즘을 모른단 얘기야. 자네, 어떻게 그러고 살 수 있어?"

"맘대로 지껄여. 제정신이 아니군. 자네가 경찰에 가지 않는다면 내가 직접 전화로 자네가 본 사실을 알리겠어. 강간미수를 방조한……"

"미쳤어? 감히 지금 날 협박해!"

"세상엔 교향곡보다 중요한 것도 있지. 바로 사람이야."

"판매부수는 사람이라는 것보다 중요하고, 버넌?"

"경찰서로 가!"

"엿먹어."

"너나 엿먹어."

버넌의 사무실 문이 벌컥 열리고 진이 근심어린 얼굴로 불쑥 나타났다. "통화를 방해해서 죄송합니다만 국장님," 그녀가 말했다. "빨리 텔레비전을 켜보셔야겠어요. 줄리언 가머니의 아내가 지금 기자회견을 열고 있어요. 1번 채널입니다."

4

당의 전략기획단은 오랜 시간 문제를 폭넓게 검토한 끝에 몇 가지 타당한 결정을 내렸다. 그중 하나가 오늘 아침 유명한 소아과병원에 취재진을 들여보내도록 허락하자는 것이었다. 캔디라는 아홉 살짜리 흑인 소녀의 개심수술을 마치고, 피곤하지만 행복한 모습으로 수술실에서 나오는 로즈 가머니 여사의 모습을 카메라에 담자는 계산이었다. 가머니 여사가 간호사들과 레지던트들을 이끌고 병동을 회진하는 장면과 그녀를 따르는 아이들을 품에 안는 장면도 있었다. 다음은 가머니 여사와 고마워하는 소녀의 부모들이 병원 주차장에서 인사를 나누는 눈물겨운 장면도 짧게 찍혔다. 이것이 버넌이 수화기를 내던지고 책상 위의 종이들 사이에서 리모컨을 찾다가 포기한 후 사무실 한구석에 높이 매달린 텔레비전으로 뛰어올라 전원을 켜고 처음 본 장면들이었다.

소녀의 아버지가 눈물을 글썽이며 외과의사의 팔에 파인애플 여섯 개를 안겨주는 장면과 함께 해설자의 설명이 뒤따랐다. 의료계에는 '의사'라는 호칭만으로는 충분치 않은 고결한 사람들이 있습니다. 이를테면 가머니 여사가 그런 사람입니다.

말다툼의 여파로 아직도 심장이 벌렁거리던 버넌은 텔레비전을 계속 보기 위해 책상 뒤로 물러나 앉았다. 진은 발끝으로 살금살금 물러나 조용히 문을 닫았다. 이제 시청자 눈에 윌트셔가 펼쳐졌다. 카메라는 냇가를 따라 나무가 심겨 있고 언덕을 굽이져 흐르는 작은 시내를 약간 높은 지점에서 내려다보고 있다. 나무들 옆으로 아늑한 농가가 보인다. 해설자가 익히 알려진 가머니 스캔들의 배경을 설명하는 동안, 카메라는 밑에서 천천히 줌인해가다가 관목숲 근처 출입문 앞 잔디 위, 갓 태어난 새끼를 돌보는 어미 양에서 멈춘다. 로즈의 병원 일이 끝나는 대로 가머니 부부와 두 성인 자녀 애너벨과 네드가 농가로 내려가 긴 주말을 보내도록 한 것도 당의 결정이었다. 버넌은 지금 가머니 일가족을 보고 있었다. 그들은 모직옷과 두꺼운 방수외투를 입고, 가로장 다섯 개를 붙여 만든 대문 너머로 카메라를 바라보고 있었다. 양치기 개 밀리도 곁에 있었고, 브리티시쇼트헤어 종인 반려묘 브라이언은 애너벨의 품에 안겨 있었다. 포토콜을 진행할 차례였지만 외무장관은 평소와 달리 순한 양처럼, 거의 새끼 양처럼 뒤로 물러나 있었다. 왜냐하면 이 행사의 주인공은 그의 아내이기 때문이었다. 버넌은 가머니가 이미 끝났다는 것을 알면서도 프로페셔널리즘 그 자체라고밖에 할 수 없는 그의 능란한 처세에는 찬사를 보내지 않을 수 없었다.

해설이 끊기고 현장의 소리가 들려왔다. 찰칵, 스르륵, 계속 분주히 돌아가는 스틸카메라 소리와 기자들의 짜증난 목소리. 화면이 기울고 흔들리는 것으로 보아 밀고 당기는 몸싸움이 벌어진 게 분명했다. 카메라가 하늘을 비추는가 싶더니 곧이어 카메라맨의 발과 오렌지색 포토라인이 눈에 들어왔다. 이 모든 서커스가 그 선 뒤에서 벌어지는 모양이었다. 드디어 로즈 가머니를 찾아낸 카메라는 그녀가 목청을 가다듬고 말할 준비를 하는 동안 내내 그녀를 비췄다. 그녀는 손에 뭔가 들고 있었지만, 메모 없이도 연설할 만큼 충분히 자신감에 차 있었기에 그 내용을 보고 읽지는 않았다. 로즈 가머니는 주의를 확실히 집중시키기 위해 얼마간 시간을 끌다가 결혼에 얽힌 간략한 사연으로 연설을 시작했다. 길드홀 시절 그녀는 피아니스트를 꿈꾸었고 가머니는 가난하지만 열정적인 법대생이었다. 고단하고 아쉬운 게 많은 시절이었다. 사우스런던의 방 하나짜리 아파트, 애너벨의 탄생, 뒤늦게 들어선 의학도의 길, 줄리언의 아낌없던 외조, 별 인기가 없었던 풀럼 지역 변두리에 처음으로 장만한 집에 대한 자부심, 네드의 탄생, 변호사로서 커져가던 줄리언의 성공, 그녀의 첫 인턴생활 등등. 로즈의 음성은 편안하고 친근하기까지 했다. 그 목소리의 설득력은 그녀가 속한 계급이나 장관의 아내라는 위치보다는 전문직 종사자의 긍지에서 비롯된 것이었다. 로즈는 자부심 넘치는 목소리로 줄리언의 성공과 아이들을 키우며 느꼈던 기쁨, 승리와 좌절을 남편과 어떤 식으로 나눠왔는지, 인생의 즐거움과 절제, 무엇보다 정직성을 두 사람이 얼마나 큰 가치로 여겨왔는지에 대해 얘기했다.

로즈는 연설을 멈추고 미소를 지었다. 그녀 자신에게 보내는 미소인지도 몰랐다. 곧이어 그녀는 줄리언이 자신에게 뭔가를 털어놓았다는 말을 꺼냈다. 상당히 놀라운, 아니 다소 충격적인 것이었습니다. 그러나 그것은 우리 두 사람의 사랑으로 극복할 수 없는 것이 아니었으며, 해를 거듭하며 제 마음속에 자리를 잡아 이제는 남편에게서 떼어낼 수 없는 한 부분으로 인정하고 받아들이게 되었습니다. 서로에 대한 저희의 신뢰는 절대적이죠. 줄리언의 유별난 측면은 그리 대단한 비밀도 아니었습니다. 왜냐하면 최근 세상을 떠난 우리 가족의 친구 몰리 레인이 기념삼아 사진을 찍어두기도 했으니까요. 그리고 로즈 가머니는 흰색 마분지 봉투를 들어올렸다. 동시에 애너벨은 아버지의 뺨에 입을 맞추었고, 코에 피어싱을 하고 나타난 네드는 몸을 굽혀 아버지의 팔에 손을 얹었다.

"이럴 수가." 버넌은 신음소리를 냈다. "저 여자가 모든 걸 망치고 있어."

로즈는 모두가 볼 수 있도록 사진을 들었다. 사진은 캣워크 포즈, 버넌이 1면에 실으려고 한 사진이었다. 카메라가 흔들리며 사진 가까이로 다가갔다. 포토라인 뒤에서 고함이 들리고 몸싸움이 벌어졌다. 로즈 가머니는 소란이 진정되기를 기다렸다가 침착하게 말했다. 저는 한 신문사가 정치적 의도를 품고 이 사진을 포함한 다른 사진들을 내일 공개함으로써 제 남편을 공직에서 몰아낼 작정임을 알고 있습니다. 제가 할 말은 단지 이것뿐입니다. 그 신문은 의도한 바를 이루지 못할 것입니다. 왜냐하면 사랑은 미움보다 강하니까요.

포토라인이 무너지며 기자들이 앞다투어 밀려들었다. 가로장 다섯 개를 붙여 만든 대문 뒤에서는 자녀들이 아버지에게 팔짱을 꼈고, 그들의 어머니는 마이크를 코앞으로 내미는 오합지졸에 맞서 의연히 자리를 지키고 있었다. 버넌은 자리에서 벌떡 일어났다. 로즈 가머니가 말했다. 아뇨, 전 오히려 사실을 정정하고 근거 없는 소문임을 밝히게 되어 기쁩니다. 몰리 레인은 그저 가족의 친구였으며 가족들 모두 그녀의 다정한 모습을 언제까지나 기억할 겁니다. 버넌이 텔레비전 스위치를 끄려고 사무실을 가로지를 때 한 기자가 〈저지〉의 편집국장에게 특별히 할 말이 없느냐고 물었다. 있습니다. 그녀가 대답하며 그를 똑바로 응시했다. 버넌은 텔레비전 앞에서 얼어붙었다.

"핼리데이 씨, 당신은 협잡꾼의 정신과 벼룩만한 윤리 수준을 가진 사람입니다."

버넌은 고통스러운 깨달음에 숨이 막혔다. 그 말을 듣고서야 연설의 목적을 눈치챘기 때문이었다. 질문은 약속된 것이었고 대답도 미리 준비돼 있었다. 이 얼마나 기막힌 예술인가!

로즈는 뭔가 더 말하려 했으나 버넌은 가까스로 손을 들어 텔레비전을 껐다.

5

그날 오후 다섯시경, 몰리의 사진 경매에 참여했었던 여러 신문사 데스크들은 버넌의 신문이 처한 곤경을 떠올리지 않을 수 없었다. 한 유력 신문의 논설위원은 금요일 조간에 이렇게 썼다. "〈저지〉의 편집국장은 우리가 살고 있는 시대와 이전 시대의 차이를 간과한 듯하다. 이전 시대는 말로만 개성의 신장을 내세웠을 뿐 현실은 탐욕과 위선이 점철된 시대였다. 이제 우리는 좀더 이성적이고 배려할 줄 알며 관용 있는 시대에 살고 있다. 따라서 공인이라 할지라도 타인에게 해가 되지 않는 한 사적 취향은 개인의 영역으로 남겨둬야 할 것이다. 명백히 공익과 관련된 문제가 아니라면 낡은 수법을 쓰는 협잡꾼이나 독선적인 밀고자가 설 땅은 없다. 이 신문이 한낱 벼룩의 윤리감각을 가졌다는 비난을 원치 않는다면 어제 가머니 여사의 발언을 인정하지 않을 수 없을 것이며……" 등등.

1면 헤드라인으로는 '협잡꾼'과 '벼룩'이 거의 동일한 빈도로 쓰였으며, 대부분의 신문이 언론협회 연회에 참가했을 때 구겨진 턱시도를 입고 거나하게 취한 버넌의 사진을 실었다. 금요일 오후에는 '동성애자 크로스드레서 모임'의 회원 이천 명이 하이힐을 신고 〈저지〉 사옥으로 몰려들었다. 그들은 망신거리가 된 〈저지〉의 1면을 높이 치켜들고 조롱기 섞인 가성으로 반복해서 문구를 외쳤다. 거의 같은 시간 여당에서는 기회를 놓칠세라 절대다수의 표를 얻어 외무장관 신임안을 통과시켰다. 갑작스레 용기가 솟은 총리는 오랜 친구를 두둔하는 연설을 했다. 주말을 지나는 동안 〈저지〉는 너무 혐오스러운 신문, 줄리언 가머니는 흠잡을 데 없는 남자이고 버넌 핼리데이(일명 '벼룩')는 당장 목을 베어 마땅한 치사한 인간이라는 여론이 확산되었다. 일요신문들은 라이프스타일 코너에서 가머니 여사가 한 일을 자신의 직업에 충실하면서도 동시에 남편을 궁지에서 구해낸 '새로운 개념의 내조'라고 소개했다. 논설들은 가머니 여사의 연설 중 '사랑은 미움보다 강하다'를 포함하여 소홀히 다뤄졌던 다른 부분들에 집중했다. 한편 〈저지〉의 간부들은 회의록에 그들의 유보적인 발언이 적혀 있다는 사실에 가슴을 쓸어내렸고 대부분의 젊은 기자들은 언젠가 구내식당에서 그랜트 맥도널드가 했던 말에 공감했다. 자신의 우려가 무시당할지라도 자신은 최선을 다해 상사의 뜻을 받들었다는 것이었다. 월요일이 되자 그들 모두 자신들이 우려했었다는 사실과 그럼에도 상사의 뜻을 받들려 노력했다는 점을 기억해냈다.

〈저지〉 이사회의 입장에서는 문제가 좀더 복잡했다. 그들은 월요일 오후 긴급회의를 소집했다. 사실 골치 아픈 일이었다. 지난주 수요일에 자신들이 만장일치로 밀었던 편집국장을 어떻게 해고할 수 있단 말인가?

두 시간여 동안 다람쥐 쳇바퀴 돌듯 논의에 진전이 없던 와중에 마침내 조지 레인이 기발한 의견을 제시했다.

"여러분, 사진을 구한 것은 잘못이 아닙니다. 더구나 매우 싼 가격에 구매했다는 말까지 들었습니다. 핼리데이의 잘못은 로즈 가머니의 기자회견을 본 즉시 사진을 1면에 싣는 걸 포기하지 않았다는 데 있습니다. 막을 시간은 충분했습니다. 최종판이 나올 때까지 사진을 쥐고 놓지 않은 겁니다. 그 상황에서도 계속 밀고 나간 게 잘못이었던 거죠. 덕분에 금요일판이 웃음거리가 되었어요. 돌아가는 상황을 보고 손을 떼야 한다는 걸 알아챘어야죠. 다시 말해, 편집국장의 판단에 중대한 오류가 있었다는 말입니다."

6

다음날 편집국장은 간부들이 참석한 가운데 편집회의를 주재했다. 분위기는 차분했다. 조용한 관찰자인 토니 몬태노가 한구석에 앉아 있었다.

"고정 칼럼을 늘릴 때입니다. 비용도 싸고 추세가 그래요. 너무 튀지 않는 사람을 쓰되, 되도록 여자면 좋겠네요. 사소한 일들에 관해 대충 쓰게 하는 겁니다. 그런 거 있잖아요, 왜. 파티에 갔는데 어떤 사람 이름이 생각나지 않을 때. 천이백 단어 내로."

"자아성찰류 에세이 말인가요?" 제러미 볼이 응수했다.

"딱히 그런 건 아니고. 성찰이란 말은 너무 버겁고, 신변잡기라는 말이 더 어울리겠군요."

"비디오리코더를 작동시키지 못할 때. 내 엉덩이가 너무 크다고 느낄 때." 레티스가 거들었다.

"그거 좋네요. 계속해보세요." 편집국장은 아이디어를 끌어내기 위해 몸을 흔들며 허공에서 손가락을 노 젓듯 돌려 보였다.

"에, 기니피그 고르는 법."

"그 남자의 숙취해소법."

"여자의 첫번째 흰 음모."

"슈퍼마켓에서 왜 나는 항상 바퀴가 고장난 카트만 걸리나."

"좋았어. 그거 맘에 드네. 하비는? 그랜트?"

"음, 자꾸만 볼펜이 없어진다. 대체 어디로 가는 거지?"

"어엄, 충치 구멍을 자꾸만 혀로 핥게 되는 걸 막을 방법은?"

"아이디어 좋아요." 편집국장 프랭크 디븐이 말했다. "모두 고마워요. 이 문제는 내일 계속 얘기하도록 합시다."

5부

1

동틀녘의 가벼운 흥분이 가라앉은 이른아침, 런던의 분주한 일상이 시작되고 창조적 의지가 격심한 피로 앞에서 마침내 무너진 다음에야 클라이브는 피아노에서 일어났다. 작업실 불을 끄기 위해 발을 끌며 문 쪽으로 가다 문득 돌아보면 고된 작업을 증명하듯 풍성하고 아름다운 혼돈이 눈에 띄었다. 그럴 때면 다시금 스쳐가는 생각이 있었다. 세상 누구에게도 말할 수 없고, 일기장에도 적을 수 없으며, 그 핵심어를 속으로만 겨우 떠올려볼 정도의 단상. 그는…… 천재라는 것이었다. 그리 터무니없는 말은 아니리라. 천재. 클라이브는 내면의 귀에만 민망한 기분으로 그 말을 속삭여볼 뿐 입 밖으로 내지는 않았다. 그는 허영기 있는 사람이 아니었다. 천재. 사용 빈도가 잦아 의미가 훼손된 면이 있긴 해도, 세상에는 분명 논란의 여지가 없고, 단순한 의견을 뛰어넘는 수준의 성취, 빛나는 전범이 있기 마련이었다. 천재는 흔치 않다. 같은 나라 사람 중에서는 셰익스피어가 물론 천재였고 다윈과 뉴턴도 천재라고들 했다. 퍼셀도 끼워줄 만하다. 브리튼도 그 축에 들긴 했으나 조금 못 미치는 데가 있다. 하지만 이 나라에 베토벤은 없었다.

클라이브가 자신을 어렴풋이 이런 식으로 생각해볼 때면—레이크 디스트릭트에 다녀온 이후 서너 번 그랬다—세상은 넓고 고요해졌으며 3월 아침의 푸르스름한 빛 속에 놓인 피아노, 미디, 접시와 컵, 몰리의 안락의자는 깎아놓은 것처럼 정갈해 보였다. 그러고 보니 젊은 시절 마약에 취할 때면 사물이 부풀어오르며 상서로운 의미를 지닌 것처럼 보였다. 클라이브는 침대에 몸을 눕히러 가기 직전의 작업실을 둘러보았다. 그것은 그 자신에 관한 다큐멘터리영화에 나올 법한 광경이었다. 호기심 많은 세상을 향해 걸작이 어떻게 탄생하는가, 그 비밀을 벗겨줄 기록영화. 문가를 서성이는 그의 흐릿한 뒷모습도 보인다. 헐렁하고 남루한 흰색 셔츠에 불룩 나온 배를 조이는 청바지, 피로에 지쳐 퀭하고 충혈된 눈. 수염이 까칠하게 돋은 흐트러진 모습의 영웅적이면서도 호감 가는 작곡가. 창작열이 솟구치는 요즈음 그는 전에 없는 희열을 느꼈고 그중에서도 지금은 기막히게 멋진 순간이었다. 이럴 때면 클라이브는 일을 마치고 비몽사몽 일어나 아래층 침실로 둥둥 떠내려갔다. 그는 발을 털어 신발을 벗어던지고 이불 속으로 파고들어가 꿈도 없는 잠 속으로 떨어졌다. 그것은 마비였고, 무無였으며, 죽음이었다.

클라이브는 오후 느지막이 일어나 신발을 꿰신고 부엌으로 내려가 가정부가 준비해둔 식은 음식들을 먹었다. 그리고 와인 한 병을 따서 작업실로 올라갔다. 유리주전자 가득 커피가 채워져 있었고, 바야흐로 밤을 향한 새로운 여정이 기다리고 있었다. 그런 그의 등뒤를 야수처럼 숨죽이고 쫓는 것이 있었으니 다름 아닌 마감기한이었다. 정확히 일주일 후면 그는 줄리오 보가 이끄는 브리티시 심포니오케스트라와 암스테르담에서 만나 이틀간의 리허설을 마치고 그로부터 이틀 후에 버밍엄 프리트레이드홀에서 초연을 선보여야 했다. 밀레니엄이 아직도 몇 해나 남았다는 사실을 생각하면 이런 압박은 상당히 터무니없었다. 이미 첫 3악장까지의 악보가 그의 손을 떠났으며 오케스트라 부분의 편곡도 마쳤다. 비서가 마지막 몇 페이지를 마저 받기 위해 수차례 전화를 했었고, 악보 필사팀도 작업에 들어갔다. 지금으로서는 뒤돌아볼 겨를도 없거니와 클라이브는 이번주 내로 곡을 완성하고픈 바람뿐이었다. 그러나 투덜대면서도 내심 이런 압박이 싫지만은 않았다. 약간의 스트레스 역시 작업에 필요한 요소였고 그래야 멋진 피날레를 끌어내는 데 박차를 가할 수 있기 때문이었다. 세월에 마모된 돌계단을 오른 가냘픈 음들은 안개처럼 녹아서 사라졌다. 약음기를 댄 트롬본이 어두운 음색으로 외로움을 현현하도록 편곡된, 첫 장의 새로운 멜로디는 물결치듯 조화롭고 풍부한 오케스트라의 음색을 제 주변으로 끌어들인다. 불협화음과 소용돌이치는 변주들은 허공을 맴돌다 잦아들고, 이어 자취 없이 사라진다. 절정에서 하나로 수렴된 음들은 거꾸로 돌려보는 폭발 장면처럼 고요한 기하학적 점을 향해 쏟아진다. 이어 약음기를 댄 트롬본이 다시 흐르고, 거인의 들숨처럼 점차 커지다가, 마지막 부분에서 주제를 반복하는 멜로디(해결해야 할 앞부분과의 차이점이 호기심을 자극하며)가 우렁차게 울려퍼진다. 멜로디에 속도가 붙어 파도처럼 밀려오다가 불가해한 템포에 다다른 소리의 해일이 되어 솟아오른다. 소리는 높이, 더 높이, 인간의 능력을 넘어 더 높이, 그러다 마침내 아찔하게 추락하여 단단하고 안전한 C단조 으뜸음의 바닥에서 산산이 부서진다. 남은 것은 무한공간 속에서 화해와 평화를 약속하는 지속음이다. 사십오 초에 걸쳐 네 마디 침묵 속으로 용해되는 디미누엔도. 끝.

곡은 거의 완성된 것이나 다름없었다. 수요일 밤부터 목요일 아침까지 클라이브는 디미누엔도 부분을 수정하고 말끔히 다듬었다. 이제 몇 장 앞으로 돌아가 떠들썩한 재도입부에 변화를 주기만 하면 된다. 화음이나 어쩌면 멜로디 자체를 변주해야 할지도 몰랐다. 아니면 리드미컬한 저음, 음의 악센트를 옮겨줄 싱커페이션을 고안해낸다든가. 클라이브가 보기에 이 변주는 교향곡의 운명을 좌우할 절대적인 요소였다. 피날레에는 미래의 불확실성을 암시하는 귀에 익은 멜로디가 등장해야 한다. 작지만 결정적인 변화를 포함하면서도 청중의 마음에 은근한 동요를 일으키는 멜로디. 익숙한 것들에 대한 우리의 집착을 경고하는 것이다.

목요일 아침 버넌이 전화를 걸어왔을 때 클라이브는 침대에서 이런 생각을 하다 잠이 들어 있었다. 그 통화로 마음이 편해졌다. 안 그래도 레이크 디스트릭트에서 돌아온 이후 줄곧 버넌에게 연락할 작정이었으나 일에서 빠져나올 수가 없었다. 가머니와 사진, 그리고 〈저지〉는 기억조차 가물거리는 영화의 부차적 줄거리로 보였다. 확실한 건 자신이 누구와도, 더구나 오랜 벗들과는 싸우고 싶지 않다는 것뿐이었다. 버넌이 대화를 도중에 잘라버리고 다음날 저녁 한잔하러 들르겠다고 제안했을 때 클라이브는 그때까지 일을 마칠 수 있으리라 계산했다. 그때라면 교향곡의 성패를 좌우할 재도입부의 수정작업이 끝나 있을 것이었다. 하룻밤 작업량을 넘어서는 일이 아니었으니까. 마지막 남은 악보 몇 장을 보내고 나면 몇몇 친구들에게 축하파티를 열자고 할 수 있겠지. 이것이 잠 속에 빠져들며 그가 했던 행복한 생각이었다. 그러므로 겨우 이 분 정도 지난 것 같은데 버넌이 다시 전화를 걸어와 단잠을 깨우고는 윽박지르듯 질문을 퍼부었을 때 클라이브는 어안이 벙벙했다.

"당장 경찰에 가서 신고해. 자네가 본 걸 말하라고."

이 말에 잠이 확 달아나며 클라이브는 사태를 직시했다. 비로소 터널에서 빛으로 빠져나온 것이었다. 클라이브의 뇌리에 펜리스행 기차에서의 시간이 다시 떠올랐고, 기억에서 반쯤 사라졌던 당시의 깨달음과 그 씁쓸한 여운이 되살아났다. 두 사람 사이에서 오가는 말들은 갈수록 험해지기만 했다—한번 그러고 나니 다시 돌이킬 수 있는 방법이 없었다. 그리고 결국은 몰리까지 끌어다 대며—"몰리의 무덤에 똥칠"을 하네 마네 하며—타오르는 분노의 불길에 기꺼이 자신을 던졌다. 버넌이 급기야 자신이 직접 경찰에 가겠다고 파렴치하게 협박해오자 클라이브는 주고받던 독설을 끝장낼 요량으로 시트를 획 걷어차고 양말만 신은 채 사이드테이블 옆으로 내려섰다. 그리고 클라이브가 전화를 막 끊으려는 순간 버넌 쪽에서 먼저 전화를 끊었다. 신발끈을 매지도 않은 채 클라이브는 분노에 찬 욕설을 내뱉으며 아래층으로 뛰어 내려갔다. 아직 다섯시도 안 됐지만 술이 필요했다. 마땅히 마셔야 했다. 옆에 말리는 사람이 있었다면 한 대 날렸으리라. 그러나 물론, 다행히 그는 혼자였다. 진토닉이라지만 토닉은 얼마 없고 진으로 채운 잔이었다. 그는 식기건조대 옆에 서서 얼음도 레몬도 넣지 않은 진을 들이

켜고 증오에 찬 마음으로 그의 무례한 태도를 떠올렸다. 무례한 놈! 클라이브는 지금껏 친구라고 착각해온 더러운 자식에게 보낼 편지를 머릿속으로 써보았다. 메스껍기 그지없는 그의 일상, 냉소적인 체하며 뒤로 계략을 꾸미는 야비한 속내, 언제 뒤통수를 칠지 모르는 수동공격성. 버넌 핼리데이? 버러지 핼리데이! 살아오며 가치 있는 것을 만들어본 일이 없으니 창조한다는 행위에 대해 쥐뿔도 모르지. 창조의 재능을 지닌 사람들은 다 씹어 없애버리고, 별 볼 일 없고 편협한 결벽증을 윤리적 관점으로 여기면서 정작 자신은 말 그대로 오물 위에 천막을 치고 사는 놈. 자신의 보잘것없는 이익을 위해서 몰리와의 추억을 더럽히고, 가머니처럼 약점 많은 바보들이나 파멸시키며 황색신문의 대변인 역할을 수행하고 있다. 그러면서 자기 얘기를 들어주는 시늉이라도 하는 사람이 있으면 그게 누구든—이게 특히 기가 막히는 부분인데—자신은 본인의 의무를 다하고 있으며 보다 높은 이상을 위해 봉사한다고 말한다는 점이다. 그는 미쳤다. 환자다. 존재할 가치가 없다!

클라이브는 부엌에서 저주를 퍼부으며 두번째 잔을 비웠고, 연거푸 세번째 잔을 들었다. 오랜 경험상 그는 격노해서 쓴 편지를 보내는 것은 적의 손에 무기를 쥐여주는 것이라는 사실을 알고 있었다. 그것은 독이 되어 잘 보관되어 있다가 훗날 자기 자신에게 두고두고 사용될 것이었다. 그러나 클라이브는 당장 뭔가를 쓰고 싶었다. 한 주가 지나면 이렇게 강렬한 느낌은 사라질 테니까. 그는 결국 짤막한 엽서를 보내기로 마음먹었다. 하루 정도 뒀다가 보낼 작정이었다. 자네의 협박에 소름이 끼치는군. 자네의 저널리즘도 마찬가지고. 자넨 해고돼도 싸. 클라이브. 클라이브는 샤블리 와인의 마개를 따고 냉장고에 연어말이가 있다는 메모도 외면한 채 위층으로 올라가 도전적인 마음으로 일을 시작하려 했다. 버러지 핼리데이는 싹 잊히겠지만, 클라이브 린리는 음악으로 기억될 날이 올 것이다. 일을 하는 것—차분하고, 단호하게, 보란듯이 신명나게 일하는 것—이 복수다. 그러나 정신을 집중하는 데 도전적인 마음가짐은 별 도움이 되지 않았다. 석 잔의 진과 와인 한 병도 마찬가지였다. 세 시간 후에도 클라이브는 여전히 일하는 자세로 손에 연필을 쥐고 이마를 찌푸린 채 몸을 웅크리고 피아노 위의 오선지를 응시하고 있었지만, 눈앞과 귓전을 어른거리는 것은 허디거디* 연주에 맞춰 도는 회전목마처럼 어지럽게 맴도는 생각, 막대에 연결된 채 오르내리는 같은 모양의 작고 단단한 말들뿐이었다. 다시 그 생각이 몰려왔다. 무례하기 짝이 없는 놈! 경찰이라니! 가엾은 몰리! 위선으로 뭉친 개자식! 도의적 입장이 어쩌고 어째? 똥물에서 헤엄칠 놈! 무례한 자식! 몰리가 어째……?

아홉시 반에 자리에서 일어난 클라이브는 정신을 가다듬고 레드와인을 마시며 일을 하기로 결심했다. 펼쳐둔 악보 위에서 그의 아름다운 테마, 그의 노래가 주인이 돌아봐주기를 고대하며 변화가 점화될 순간을 기다리고 있었다. 그리고 한편에는 그가, 집중력으로 충만해 이제 작업에 착수할 준비가 된 그가 있었다. 그러나 아래층으로 내려간 클라이브는 뒤늦게 발견한 저녁을 먹으며 부엌에서 미적거리다 라디오에서 흘러나오는 모로코 투아레그족의 유목 역사를 청취했다. 그리고 나서는 석 잔째 방돌 레드와인을 들고 존재의 시원을 찾아 헤매는 한 명

* 현과 건반을 모두 사용해 소리를 내는 고악기의 일종.

의 인류학자가 되어 집안을 한 바퀴 돌았다. 일주일간 거실에 발을 들여놓지 않았던 그는 그곳을 처음 와보는 사람처럼 넓은 공간을 돌며 그림과 사진을 찬찬히 둘러보았다. 가구를 어루만지고 벽난로 위의 장식품을 들어올려보기도 했다. 그의 전 생애가 여기 있었다. 얼마나 풍성한 역사인가! 가장 싼 소품 하나조차도 클라이브가 번 돈으로 산 것이었다. 그가 한 음 한 음 공들여 지어낸 소리를 통해 번 돈으로. 그는 모든 것을 이곳에서 구상했고, 혼자 힘으로 이것들을 유지하려 애써왔다. 클라이브는 성공의 축배를 단숨에 들이켠 후 빈 잔을 채우러 부엌으로 돌아갔다. 내친김에 다이닝룸에도 가보았다. 다시 악보를 마주한 것은 열한시 반이었다. 오선지 위의 음표들이 제자리를 지키려고 하지 않았다. 심지어 그를 위해서조차. 술이 과했다는 사실을 인정하지 않을 수 없었다. 그런 식으로 배반당한 뒤 취하지 않고 배길 사람이 있을까? 클라이브는 책장에 남은 스카치 반병을 들고 몰리의 의자로 갔다. CD 플레이어에는 라벨의 곡이 걸려 있었다. 그날 밤의 마지막 기억은 CD 플레이어를 향해 리모컨을 들었다는 것이다.

한밤중 잠에서 깨니 얼굴에 헤드폰이 비스듬히 걸려 있었고 극심한 갈증에 목이 탔다. 한 대밖에 없는 투아레그족의 그랜드피아노를 끌고 기어서 사막을 횡단하는 꿈에서 깨어난 참이었다. 클라이브는 욕실에서 수돗물을 마시고 침대로 갔다. 그리고 몇 시간 동안 뜬눈으로 어둠 속에 누워 있었다. 몸은 지쳤지만 정신은 말똥말똥했고, 다시 한번 속수무책으로 상념의 회전목마를 몰아가고 있었다. 똥물에서 헤엄쳐? 도의적 입장! 몰리?

다음날 오전 얕은잠에서 깨어났을 때 클라이브는 추진력과 창의적

영감이 곁을 떠났음을 알 수 있었다. 피곤과 숙취 때문에 그렇게 느끼는 것이 아니었다. 피아노 앞에 앉아 몇 가지 방법으로 변주를 시도해 보고 곧 이 악절뿐 아니라 악장 전체가 뇌리에서 죽어버렸음을 깨달았다—불현듯 환멸의 비애가 스쳤다. 교향곡 자체에 대해 너무 열심히 고민할 엄두가 나지 않았다. 비서가 마지막 악보를 받을 날짜를 정하려고 전화했을 때 그는 자기도 모르게 수화기를 그대로 내려놓았고, 그래서 잠시 후 사과전화를 해야 했다. 바람도 쐬고 버넌에게 엽서를 부칠 겸 클라이브는 산책을 나갔다. 날이 밝을 때 읽어보니 그가 쓴 내용은 군더더기 없는 명문이었다. 산책길에 그는 〈저지〉 한 부를 샀다. 그동안 일에 집중하는 데 방해가 될까봐 신문이나 텔레비전, 라디오 뉴스를 멀리해왔고 그래서 새로운 정보에 어두웠다.

그러므로 집에 돌아와 부엌 식탁에서 신문을 펼쳤을 때, 그가 느낀 것은 충격이었다. 가머니가 몰리 앞에서 요염하게 차려입고 포즈를 취하고 있었다. 클라이브가 지금 보고 있는 순간을 잡아낸 것은 몰리의 따뜻한 손에 들려 있던 카메라와 그녀의 생기발랄한 눈길이었다. 하지만 신문 1면은 낯뜨거웠다. 한 남자의 접근하기 힘든 내밀한 순간이 폭로되었기 때문이 아니었다. 그것만이라고 할 수는 없었다. 그보다는 이 신문이 그토록 흥분해 그런 원색적인 자료를 실었기 때문이다. 마치 불법적인 정치공작이 발각됐다거나 외무장관의 사무실 책상 밑에 시체라도 있다는 투였다. 시대에 뒤떨어지고, 완전한 판단 착오에, 촌스럽기 그지없는 짓이었다. 가혹해 보이려는 태도 역시 어설프기 짝이 없었다. 예를 들어 노골적이고 지나치게 상대를 비하하는 시사만평은 물론, 'drag'로 유치한 말장난을 곁들이고 'knickers in a twist'처럼 요즘은 한물간 유머를 쓰며 'dress up'과 'dress down' 같은 말을 무리해서 대조시킨 논설은 낯뜨거울 정도였다.* 그렇다. 역시 버넌은 혐오스러운 정도를 넘어 제정신이 아니었다. 그렇다고 그 사실이 버넌에 대한 클라이브의 혐오감을 막지는 못할 것이다.

숙취는 주말을 지나 월요일까지 계속되었고—근래에는 숙취에서 빠져나오기가 쉽지 않았다—울렁거리는 속은 씁쓸한 상념에 적절한 뒷배경이 되어주었다. 작업은 진전이 없었다. 달콤하던 열매는 말라붙은 잔가지로 변했다. 악보 필사자들은 남은 열두 페이지가 들어오기를 진이 빠지게 기다리고 있었다. 오케스트라 단장이 세 번 전화했는데, 불안을 억누르느라 그의 목소리는 떨리고 있었다. 다음주 금요일부터 이틀간 진행될 리허설을 위해 엄청난 비용을 들여 콘세르트헤바우**를 예약한 상태였다. 클라이브가 요청해둔 아코디언 연주자는 물론 객원 타악기 주자들도 계속 대기중이었다. 줄리오 보는 피날레를 보지 못해 안달이었다. 버밍엄 공연을 위한 모든 준비가 완료돼 있었다. 목요일까지 암스테르담에 총보가 도착하지 않으면 단장은 가까운 운하에 몸을 던지는 것 말고는 대안이 없을 것이다. 자신보다 더 몸이 단 사람을 보니 얼마간 진정이 되었지만, 그럼에도 클라이브는 여전히 악보에서 손이 떨어지지 않았다. 그는 중요한 변주 부분과 아직도 씨름하고 있었고 시간이 흐를수록 작품의 격조가 오로지 거기 달린 것처럼 생각되었다.

---

* drag는 '끌다' 외에 '여장/남장' '지겨운 사람' '방해물'을 뜻하며, knickers in a twist는 직역하자면 '꼬인 팬티'로, 짜증난 상태를 가리킬 때 쓰인다. dress up은 '차려입다'라는 뜻이고, dress down은 '옷을 단출하게 입다'라는 뜻과 함께 '채찍질하다'라는 뜻으로도 쓰인다.

** 암스테르담의 유서 깊은 콘서트홀.

물론 이것은 일을 망치는 믿음이었다. 이제는 너저분한 작업실을 보면 심란했고, 자기 악보—더 젊고 자신감 있고 재능 있는 자신의 육필 악보—를 마주하면 자신의 일을 방해한 버넌에게 욕이 나오면서 노여움은 배가되었다. 집중력은 산산이 흩어졌다. 머저리 같은 놈 때문에. 생애 최고의 곡, 걸작이 등을 돌렸다는 사실이 점점 분명해졌다. 이 교향곡은 지금까지 그가 쓴 모든 곡을 어떻게 들어야 하는지, 어떻게 감상해야 하는지 청중에게 알려주었을 텐데. 그가 천재임을 증명할 절호의 찬스를 놓친 것이며 졸지에 위대함을 약탈당했다. 클라이브는 자신이 다시는 이런 규모의 교향악을 시도할 수 없으리라는 것을 알고 있었다. 그는 너무 지쳤고, 너무 많은 것을 쏟아냈고, 너무 늙었다. 일요일에 그는 거실에서 뒹굴며 멍하니 〈저지〉 금요일자의 나머지 기사를 읽었다. 세상은 늘 그렇듯 요지경이었다. 물고기들의 암수가 뒤바뀌고 영국 탁구는 길을 잃었다. 네덜란드에서는 의사 자격증을 가진 몰지각한 작자들이 짐이 되는 늙은 부모를 제거해주는 합법적인 서비스를 제공했다. 재밌는 세상이었다. 필요한 것은 연로한 부모의 서명 원본과 사본, 그리고 몇천 달러가 전부였다. 오후에 그는 하이드파크를 한참 동안 산책하며 그 기사를 곰곰 되새겨보았다. 그가 버넌과 어떤 약속을 한 것은 사실이었고, 약속에는 어쨌거나 책임이 따르는 법이다. 좀더 조사할 필요가 있었다. 월요일은 일을 하는 시늉만 하다 지나갔다. 자기기만 속에 시간을 때우다가 저녁이 되어서야 일에서 손을 떼야 한다는 결론을 내렸다. 어떤 아이디어를 떠올려도 신통찮았다. 이 교향곡 근처에 접근하지 말아야 했다. 그 자신의 피조물마저 그를 반기지 않았다.

화요일 아침 그는 오케스트라 단장의 전화에 잠이 깼다. 단장은 클라이브에게 버럭 소리를 질렀다. 리허설이 금요일인데 아직도 총보가 없으면 어쩔 작정이냐고. 그리고 그날 아침 얼마 후 클라이브에게 한 친구가 전화로 놀라운 소식을 전했다. 버넌이 권고사직을 당했다는 것이었다! 클라이브는 부리나케 뛰어나가 신문을 샀다. 금요일자 〈저지〉 이후로는 보고 들은 게 없었다. 안 그랬다면 여론이 어떤 식으로 〈저지〉 편집국장에게 등을 돌렸는지 모를 수가 없었다. 그는 커피 한 잔을 들고 다이닝룸으로 들어가 신문을 읽었다. 버넌의 행동에 대한 자신의 견해가 옳았다는 사실이 그렇게 고소할 수가 없었다. 그는 버넌에게 해야 할 도리를 다했다. 그가 경고를 했음에도 버넌은 귀기울이려 하지 않았다. 가차없는 비난 기사 세 꼭지를 읽고 나서 클라이브는 창가로 갔다. 정원 가장자리의 사과나무 곁에서 수선화 한 무리가 자라고 있었다. 기분이 한결 나아졌음을 부인할 수 없었다. 초봄이다. 곧 서머타임이 시작될 것이다. 4월에 교향곡 초연을 마치고 나면 수지 마셀런을 만나러 뉴욕으로 가야지. 그런 다음 그의 곡도 연주될 팰로앨토 뮤직 페스티벌이 열리는 캘리포니아로 가는 거다. 손가락이 새로운 리듬에 맞춰 라디에이터를 두드리고 있었다. 음조의 변화와 화음의 변화, 그리고 그에 관계없이 이어지는 한 음과 강렬한 팀파니의 박동이 들려왔다. 클라이브는 급히 돌아서 다이닝룸을 나왔다. 악상이, 아니 악상의 4분의 1이 떠올랐다. 음이 사라지기 전에 피아노 앞으로 가야 했다.

작업실에서 클라이브는 거치적거리는 것이 없도록 책과 낡은 악보들을 바닥으로 내려놓고 오선지 한 장과 심을 뾰족하게 다듬은 연필을 꺼냈다. 높은음자리표를 막 그려넣었을 때 아래층에서 초인종이 울렸다. 손이 굳었다. 잠시 기다려보았다. 다시 초인종이 울렸다. 내려가고 싶지 않았다. 지금은 아니다. 변주 문제의 해결이 눈앞에 있는 지금은 아니다. 실직한 광부인 체하며 다리미판 덮개 따위를 팔러 온 외판원이겠지. 초인종이 다시 울리고 침묵이 흘렀다. 갔나? 섬광처럼 떠올랐던 악상이 그새 사라졌다. 다음 순간 일부가 다시 떠올랐다. 그가 막 음표의 막대 부분을 그리기 시작했을 때 전화벨이 울렸다. 소리를 꺼놓았어야 했는데. 그는 짜증스레 수화기를 낚아챘다.

"린리 씨 댁입니까?"

"그런데요."

"경찰입니다. 강력계에서 나왔습니다. 지금 댁의 문 앞인데요. 몇 마디 나누고 싶습니다."

"아, 반시간쯤 후에 다시 오실 수 없을까요?"

"안 되겠는데요. 선생님께 몇 가지 물어볼 게 있어서요. 죄송하지만 맨체스터에서 있을 범인식별절차에 와주셔야겠습니다. 용의자 범위를 축소할 수 있도록 좀 도와주십시오. 한 이틀 정도 시간을 내주시면 됩니다. 린리 씨, 그러니, 괜찮으시면 문을 좀 열어……"

2

맨디가 서둘러 출근하느라 살짝 열어두고 간 옷장 거울에 버넌의 모습이 수직으로 길게 비쳤다. 베개 위의 면도하지 않은 얼굴이 어두운 침실에서 파르라니 흰빛을 띠었고, 아내가 차를 따라 가져다준 머그잔은 배 위에 놓여 있었다. 주위에는 편지와 광고우편물, 신문이 흩어져 있었다—나무랄 데 없는 실직자의 모습이었다. 무위도식이군. 버넌은 불현듯 경제면에 나오는 그 용어가 실감났다. 이 화요일 아침 버넌에게는 어제의 해직과 더불어 그가 겪은 모든 수치와 아이러니에 대해 곰곰이 생각하며 무위도식할 시간이 충분했다. 예를 들어, 일 돌아가는 사정을 잘 모를 맹꽁이가 버넌의 사무실로 편지를 가져온 것부터 의아했다. 버넌이 해고 위기에서 구해준, 난독증에 걸려 질질 짜던 바로 그 여자였다. 내용만 해도 그렇다. 정중하게 그의 사직을 권고하며 대가로

일 년 치 월급이 제시됐다. 계약서 조항에 대한 무언의 암시도 있었다. 회사측에서 따로 언급하지는 않았으나, 행간의 의미를 보면 그가 명예퇴직을 거부해 고용주가 그를 해고해야 할 사태가 벌어질 경우 위로금은 한푼도 받지 못할 거라는 사실을 기억하기 바란다는 것이었다. 편지는 이런 친절한 내용으로 끝을 맺었다. 여하간 그의 직무는 그날로 정지되며 이사진은 그가 편집국장으로 재임한 시절에 보여준 눈부신 활약을 치하한다. 추후에도 만사여의하길 바란다. 그걸로 끝이었다. 그는 당장 사무실을 비워야 했다. 여섯 자리 단위의 돈을 받느냐 마느냐는 그에게 달려 있었다.

버넌은 그의 사직서에 판매가 10만 부 이상 증가했다는 사실을 적었다. 숫자를, 따라붙는 0들을 쓰는 것 자체가 고통이었다. 비서실로 건너가 진에게 사직서가 든 봉투를 건네자 그녀는 차마 버넌을 마주보지 못했다. 자신의 방으로 돌아와 책상에 놓인 물건들을 치우는 동안 건물에는 묘한 정적이 돌았다. 직업인의 본능으로 그는 모두가 이 사실을 알고 있음을 감지했다. 버넌은 누군가 동료애에서, 그동안 다져온 우정의 궤를 따라 인사하러 올 경우를 대비해 문을 열어두었다. 챙겨넣기 쉬운 물건들은 서류가방에 넣었다—아내 맨디와 아이들의 사진이 든 액자, 하원용 편지지에 쓴 데이나의 노골적이고 야한 편지들. 버넌에게 공감하며 자신의 분노를 보여주기 위해 뛰어들어올 사람은 없는 듯했다. 소매를 걷어붙이고 옛날식으로 시끌벅적하게 작별인사를 건네는 무리도 없었다. 그는 떠나는 것이다. 그는 진에게 인터폰 버저를 눌러 운전사에게 내려간다고 말해달라고 했다. 진이 인터폰으로 답했다. 그에게 운전기사는 이제 없다고.

버넌은 외투를 걸친 후 서류가방을 들고 비서실로 갔다. 진은 급한 용무로 자리를 비웠고 승강기까지 가는 동안 사람 그림자는 아예 찾아볼 수 없었다. 버넌에게 작별인사를 건넨 유일한 사람은 1층 안내데스크에 있던 수위였고 후임자가 누구인지 가르쳐준 것도 그였다. 프랭크 디븐 씨입니다, 국장님. 고개를 최소한만 끄덕임으로써 버넌은 가까스로 이미 알고 있던 사실인 양 꾸밀 수 있었다. 사옥을 나서자 비가 내렸다. 택시를 세우려고 손을 들었다가 수중에 현금이 없다는 게 기억났다. 버넌은 지하철을 탔고, 역에서 집까지 나머지 800미터는 비를 맞으며 걸었다. 집에 들어서자마자 그는 위스키병을 들었고 맨디가 귀가하자 그녀와 한바탕해댔다. 맨디는 그를 위로하려고 애쓴 것뿐인데.

버넌은 차를 삼키며 털썩 주저앉았다. 정신의 주행계가 모욕과 좌절을 가리켰다. 그를 배반한 것은 프랭크 디븐만이 아니었다. 동료들은 예외 없이 그를 저버렸고, 모든 신문들이 그의 해고를 반겼다. 그것도 모자라 온 나라가 벼룩의 몰락에 환호했다. 가머니는 여전히 그의 자리를 유지하고 있었다. 침대 옆에는 그의 몰락을 통쾌해하는 짤막하고도 쓰린 엽서가 놓여 있었다. 그의 가장 오래된 친구, 일을 중단하느니 눈앞에서 한 여자가 강간을 당하도록 내버려둔 윤리적으로 고결한 친구가 보내온 것이었다. 증오심에 휩싸여 이성을 잃은 사람의 글이었다. 복수심에 불타는 엽서. 이제는 전쟁이다. 바로 이 순간부터 시작이다. 인정사정 볼 것 없다. 그는 차를 다 마시고 수화기를 들어 사회부 기자 시절 알고 지낸 경찰청의 한 친구에게 전화를 걸었다. 십오 분 후 모든 사실을 낱낱이 경찰에 알렸고 할일을 마쳤지만, 버넌의 머릿속에서는 같은 생각이 떠나지 않았고 뭔가 미진한 기분이 들었다. 알고 보니 클라이브가 법을 어긴 것은 아니었다. 클라이브는 그의 의무를 이행해야 하는 불편함을 겪겠지만 그뿐이었다. 그것으로는 충분치 않다. 클라이브의 행동은 응징을 받아 마땅했다. 버넌은 이 문제를 궁리하며 한 시간을 더 보내다가 마침내 옷을 입었지만, 면도도 하지 않고 빈둥거리며 아침시간을 보냈다. 전화도 받지 않았다. 위안삼아 그는 금요일자 신문을 집어들었다. 말할 것도 없이 빼어난 1면이었다. 모두가 잘못 생각하고 있었다. 신문의 나머지 지면도 훌륭했다. 레티스 오하라는 네덜란드 의료계 기사로 그에게 뿌듯함을 안겨줬다. 언젠가, 특히 가머니가 총리가 되고 나라꼴이 엉망이 되면 사람들은 버넌 핼리데이를 그의 자리에서 쫓아낸 일을 후회할 것이다.

그러나 위안은 잠시에 불과했다. 나중은 나중이고, 당장 눈앞에 벌어진 일은 그가 해고되었다는 것이었으니까. 사무실에 있어야 할 시간에 그는 집에 있었다. 재주라곤 한 가지뿐인데 지금은 아무도 그를 고용하려 들지 않을 것이다. 그는 웃음거리가 되었고 재기하기에는 너무 늙었다. 위안이 오래가지 못했던 또하나의 이유는 증오에 찬 그 엽서가 자꾸 떠올랐기 때문이다. 등에 꽂힌 비수처럼, 상처 위에 뿌린 소금처럼, 시간이 갈수록 그 엽서는 지난 하루 동안 그가 겪은 크고 작은 모욕의 표상처럼 느껴졌다. 클라이브가 그에게 보낸 짤막한 글은 이 사건의 모든 해악을 구체화하고 압축한 것이었다—그를 비난하는 자들의 맹목성, 그들의 위선, 그들의 앙심, 무엇보다 버넌이 인간의 행동 중 가장 경멸하는 요소인 배신이 담겨 있었다.

영어처럼 어디에 강세를 주느냐에 따라 의미가 바뀌는 언어에서는 문장의 뜻을 오해할 가능성이 많다. 어느 동사는 강세의 위치를 한 자리만 앞으로 당겨도 명사가 된다. '거절하다'라는 뜻의 동사 refuse 같은 경우 강세를 옮겨주면 즉시 '인간말짜, 폐물'이란 뜻의 명사가 된다. 단어에서처럼 문장에서도 그런 일이 일어난다. 클라이브가 목요일에 쓰고 금요일에 부친 엽서로 의도한 바는 "자넨 해고돼도 싸"였다. 그러나 화요일 해고의 여파 속에서는 "자넨 해고돼도 싸"라고 이해할 수밖에 없었다. 월요일에 엽서가 도착했다면, 아마 다르게 읽혔을 것이다. 이것이 그들 운명의 희극적 성격이었다. 빠른우편으로 보냈다면 피차 좋았을 텐데. 어찌 보면 다른 가능성은 없었다는 것이 그들 운명의 비극적 성격이었다. 그랬기에 버넌은 더더욱 참담한 심정으로 얼마 전에 클라이브와 한 약속과 그 엄청난 책임을 얼마간 기회주의적인 시각에서 심각하게 고려하게 되었다. 클라이브는 명백히 이성을 잃었다. 그러니 뭔가 조처가 따라야 했다. 이 결정을 뒷받침해준 것은 세상이 자신을 홀대하고 자신의 삶이 유린당하는 와중에 누구보다도 자신을 멸시하는 것이 옛친구라는 사실, 그것은 용서받지 못할 일이라는 버넌의 판단이었다. 클라이브는 미쳤다. 떳떳지 못한 일을 도모하는 사람들에게서는 종종 복수심이 책임감과 효과적으로 결합하곤 한다. 몇 시간이 흐르고 버넌은 〈저지〉에 실린 네덜란드 의료계의 스캔들을 거듭 상세히 읽었다. 오후에는 전화를 걸어 개인적으로 몇 가지 사항을 문의하기도 했다. 버넌은 부엌에 앉아 커피를 마시고 몇 시간을 빈둥거리며 난파한 자신의 미래를 응시했다. 그리고 고민했다. 암스테르담으로 초대받으려면 클라이브에게 전화를 걸어 화해를 청하는 체해야 할까.

3

모든 게 제대로 진행되고 있는 걸까? 잊은 것은 없나? 합법적인 일이 정말 맞나? 클라이브는 맨체스터공항 북단의 얼어붙은 안개 속에 대기중인 보잉757 기내에서 이런 질문들을 던지고 있었다. 날씨는 맑을 것으로 예상되었고, 기장은 승객들에게 이륙에 협조할 것을 요구했다. 탑승객들은 지나가는 음료수 카트로 무료함을 달래며 정숙을 유지했다. 정오였다. 클라이브는 커피와 브랜디, 초콜릿바를 주문했다. 그는 빈 줄에 있는 창가 자리에 앉았다. 들쑥날쑥한 대형으로 사뭇 서로를 위협하듯 서 있는 비행기들은 어딘지 음침하고 촌스러워 보였다. 조그만 뇌 아래 째진 눈, 아슬아슬하고 거추장스러워 보이는 팔, 바짝 올라붙은 새까만 똥구멍. 이렇게 생긴 피조물들은 결코 서로를 배려할 수 없을 것이다.

그렇다. 이게 대답이었다. 클라이브는 면밀한 조사와 계획을 거쳤다. 일은 벌어질 것이고 마음이 두근거렸다. 그는 눈에 띄는 파란색 모자를 쓰고 미소 짓는 스튜어디스를 손짓해 불렀다. 그녀는 클라이브가 미니 브랜디 한 병을 더 주문한 것을 개인적 호의로 받아들이는 듯, 특혜를 누리는 사람처럼 흔쾌히 가져다주었다. 그간 험한 일들을 겪어왔고 남은 시련이 있음에도, 그리고 앞으로 모든 일이 현기증이 날 만큼 빠른 속도로 진행될 것이 확실한데도 기분은 괜찮은 편이었다. 그는 리허설의 첫 부분 몇 시간을 놓치겠지만 어느 오케스트라든 새로운 곡을 연주할 때는 고전하기 마련이다—늘 엉망인 것이다. 어쩌면 첫날 하루를 제치는 편이 나을지도 모른다. 은행에서 미화 만 달러를 소지하는 것이 불법이 아니라는 것을 재차 확인했으니 스히폴공항에서 신고할 의무는 없다. 맨체스터경찰서에서는 적절히 처신했으며 정중한 예우를 받은 편이었다. 클라이브는 그곳의 긴장감 넘치는 분위기와 말이 잘 통하던 격무에 지친 남자들에게 아련한 향수마저 느낄 정도였다.

클라이브가 유스턴역에서부터 1킬로미터에 한 번꼴로 버넌을 욕하며 잔뜩 골이 나 역에 도착해보니 경감이 직접 안내데스크로 위대한 작곡가를 마중나와 있었다. 경감은 클라이브가 사건에 도움을 주려고 런던에서 먼길을 와준 데 고마워하는 것 같았다. 클라이브가 좀더 일찍 사실을 알리지 않았다고 화가 난 사람은 아무도 없어 보였다. 여러 명의 경찰이 이 골치 아픈 사건에 그의 도움을 입게 되어 얼마나 기쁜지 모르겠다고 말했다. 그의 진술을 들은 두 수사관은 상황을 짐작했다. 그리고 마감시한에 쫓기며 교향곡을 작곡한다는 것이 얼마나 어려운 일인지, 바위 뒤에 웅크리고 있을 때는 얼마나 난감한 심정이었을지 충분히 납득할 수 있노라고 했다. 그들은 결정적인 멜로디를 작곡하는 데 수반되는 모든 어려움을 비교적 예리하게 꿰뚫어보는 듯했다. 저희들한테 그 멜로디를 한번 허밍으로 불러주실 수 있겠습니까? 물론 가능한 일이었다. 함께 있던 다른 경찰 한 명은 수시로 이렇게 말했다. 자, 이제 선생님께서 목격한 그 남자 얘기로 돌아가죠. 클라이브는 대화를 나누며 경감이 통신대학에서 영문학 학위를 따려고 공부중이며 특히 블레이크*에 관심이 많다는 사실을 알게 되었다. 구내식당에서 베이컨 샌드위치를 먹으며 경감은 자신이 「독을 품은 나무」 전문을 외울 수 있음을 증명해 보였고, 클라이브는 자신이 1978년 바로 그 시에 곡을 붙였다고 말할 수 있었다. 이듬해에 피터 피어스가 올드버러 페스티벌에서 초연한 후로 묻힌 곡이었다. 그들 외에도 구내식당에는 생후 여섯 달 된 아기가 나란히 붙여놓은 의자 위에서 자고 있었다. 젊은 엄마는 술이 깰 때까지 지하 유치장에 갇혀 있었다. 첫날 내내 낡은 계단통을 타고 그녀의 구슬픈 비명과 신음소리가 들려왔다.

클라이브는 경찰서의 심장부인 취조실로 안내되었다. 초저녁에 있을 진술을 기다리던 그는 당직중인 경찰 앞에서 벌어진 드잡이를 목격했다. 머리를 민 체격 좋은 십대 소년이 어느 집 뒤뜰에 숨어 있다 잡혀왔는데, 외투 속에 볼트 절단기와 마스터키, 실톱과 큰 쇠망치를 숨기고 있었다. 소년은 자기는 강도가 아니라고, 절대로 감옥에 갈 수 없다고 주장했다. 강도가 아니면 뭐냐고 경찰이 대꾸하자 소년은 경찰의 얼굴을 후려쳤다. 복도에서 몸싸움이 벌어지고 다른 두 명의 동료가 달

* 영국의 낭만주의 시인 윌리엄 블레이크.

려들어 소년에게 수갑을 채워 떼어냈지만 누구도 크게 개의치 않았다. 심지어 입술이 터진 경찰관조차도 그랬다. 그러나 클라이브는 긴장으로 뻣뻣해진 손을 벌렁거리는 가슴에 얹고 자리에 앉아 꼼짝할 수 없었다. 얼마 후, 순찰경관이 말없고 창백한 네 살짜리 남자애와 함께 들어왔다. 퇴락한 술집 주차장 주변에서 배회하는 걸 발견하고 데려온 것이었다. 곧 아일랜드계 가족이 눈물을 글썽이며 와서 아이를 찾아갔다. 머리카락을 잘근거리는 쌍둥이 소녀가 폭력을 휘두르는 아버지로부터 자신들을 보호하기 위해 경찰서로 왔고, 경찰들은 농을 건네며 친근하게 대해주었다. 어떤 여자는 얼굴에 피를 흘리며 남편을 고소했다. 골다공증에 걸려 몸이 반으로 접힐 지경인 흑인 꼬부랑 할머니는 며느리에게 쫓겨나 오갈 데가 없는 신세였다. 사회복지사들도 드나들었는데, 그들 대부분이 경찰서에 온 사람들보다 더 범죄형으로 생겼거나 한층 불행해 보였다. 담배를 피우지 않는 사람이 없었다. 형광등 불빛을 받은 얼굴들은 모두 아파 보였다. 플라스틱 컵마다 지나치게 우려낸 차가 가득했고, 누구도 신경쓰지 않는 고함소리며 입에 밴 욕지거리며 주먹을 움켜쥔 으름장이 넘쳐났다. 그것은 본질적으로 해결이 불가능한 내부의 문제를 떠안은 불행한 대가족의 모습이었다. 그곳은 가족 거실의 확대판이었다. 클라이브는 붉은 벽돌빛 차가 담긴 잔 뒤로 몸을 움츠렸다. 그가 속한 세계에서는 언성을 높이는 일이 드물었으므로 클라이브는 저녁 내내 기진맥진하고 흥분한 상태였다. 이곳에 발을 들여놓는 계층의 모든 구성원은 본인이 원하건 아니건 막장 인생들이었다. 클라이브가 보기에 경찰서의 주업무는 가난에서 파생된 수없이 많은 예측 불가능한 결과들을 다루는 것이었다. 그들은 클라이브로서는 가져본 적

없는 무던한 인내심을 갖고 그다지 짜증도 내지 않으며 일을 처리하고 있었다.

클라이브는 한때 경찰을 돼지라고 불렀고, 1967년 무정부주의에 빠져 보낸 석 달 동안에는 경찰이야말로 범죄의 원흉이며 불필요해질 날이 올 거라는 주장을 펼쳤었다. 지금 그는 경찰서에 머무는 내내 정중한 예우를 넘어 존경을 받기까지 했다. 경찰은 그에게 호감을 품은 듯했고 클라이브는 자신에게 지금까지 몰랐던 어떤 자질이 있는 건 아닌가 하는 의문이 들었다—아마도 예의바른 몸가짐, 차분한 매력, 권위 같은 것? 클라이브는 다음날 아침 일찍 범인을 확인할 시간이 되자 행여 누구라도 실망시키지나 않을까 걱정이 되었다. 그는 순찰차들이 주차된 뒷마당으로 안내되었다. 열 명 남짓한 사내들이 벽을 등지고 서 있었다. 클라이브는 한눈에 남자를 알아보았다. 오른쪽에서 세번째, 길고 마른 얼굴이 범인이었다. 그는 내가 범인이오, 자백하는 것이나 다름없이 예의 천모자를 쓰고 있었다. 다행이었다. 안으로 다시 들어가자 형사 중 한 명이 말없이 클라이브의 팔을 꽉 잡았다. 기쁨을 억누르는 듯한 분위기였고 모두 클라이브에게 한층 호감을 보였다. 그들은 이제 한 팀이었고 클라이브는 유력한 증인으로서 자신의 역할을 받아들였다. 두번째 식별절차에서는 남자들 중 절반이 넘는 숫자가 천으로 된 모자를 쓰고 있었으며 하나같이 길고 마른 얼굴이었다. 그러나 클라이브는 속임수에 걸려들지 않고 맨 끝의 모자 쓰지 않은 사내를 찾아냈다. 안으로 들어와 형사들은 나중 것은 큰 의미가 없다고 말해주었다. 행정상의 이유로 어쩌면 두번째 절차는 고려대상에서 완전히 제외될 수도 있다고. 어쨌든 그들은 대체로 사건 해결을 위한 그의 헌신적인 태도에 흡족해했다. 자신을 명예경찰로 여기라나. 마침 공항 쪽으로 나가는 순찰차가 있었다. 가는 방향이라면 타시겠습니까?

그들은 터미널 바로 앞에서 그를 내려주었다. 뒷좌석에서 내리며 작별인사를 하려다가 클라이브는 운전석에 앉은 경찰관이 두번째 절차에서 자신이 지목했던 사람임을 알아차렸다. 그러나 클라이브도, 운전석의 경찰도 악수를 나누며 그 사실을 언급할 필요를 느끼지 않았다.

4

비행기는 스히폴공항에 두 시간 연착했다. 클라이브는 중앙역으로 가는 기차를 탔고, 역에서부터는 부드러운 잿빛의 오후 햇살을 받으며 호텔로 걷기 시작했다. 다리를 건너면서 둘러본 암스테르담은 차분하고 문명화된 도시였다. 클라이브는 브라우에르스운하를 따라 걷고자 서쪽으로 빙 돌아갔다. 여행가방도 단출하니 문제없었다. 거리 한가운데를 흐르는 물줄기가 있다는 것은 얼마나 위안이 되는가. 이렇게 관대하고 열린 사고를 지닌, 성숙한 장소가 있다니. 아름다운 벽돌과 조각이 아로새겨진 옛 목재 저장고들은 감각이 넘치는 아파트로 개조되었고, 반 고흐가 그린 다리들은 수수하기 그지없었다. 시에서 설치한 거리시설물은 부자연스레 튀는 일이 없었으며, 자전거 뒷자리에 다소곳한 아이들을 태운 네덜란드인들은 지적이면서 개방적으로 보였다. 상점 주인들마저 교수 같은 인상을 풍겼고 거리의 청소부들도 재즈 음악가 같았다. 이보다 더 질서정연한 도시는 없을 것이다. 클라이브는 걸으면서 버넌을, 그리고 교향곡을 생각했다. 작품은 완전히 망한 것일까, 아니면 일부분에 결함이 있을 뿐일까? 결함이 있다기보다는 그의 명예에 오점을 남길 작품이라고 보는 편이 맞을 것이다. 단지 클라이브 자신만 이해할 수 있는 방식으로 말이다. 결정적인 순간에 파멸을 자초할 속임수를 쓴 것이다. 클라이브는 초연이 두려웠다. 일은 꼬일 대로 꼬였을망정 이제 스스로에게 말할 수 있었다. 나, 클라이브 린리는 버넌의 말을 존중하는 것뿐이다. 버넌이 화해를 청하며 암스테르담에 오려는 것은 분명 우연이나 절호의 기회 이상의 의미였다. 어둡고 혼란스러운 마음속 어딘가에서 버넌은 그의 운명을 받아들였다. 그러니 제 발로 클라이브에게 오려는 것이다.

이런 생각을 하던 중에 클라이브는 호텔에 도착했고 오늘밤 일곱시 반에 리셉션이 열린다는 말을 전해들었다. 그는 호텔방에 들어가 지금껏 상담을 맡아온 믿음직한 의사에게 전화를 걸어 마지막으로 계획과 증세에 대한 의견을 나누었다. 의사는 말이 통하는 사람이었다. 예측 불가능하고 괴상하며 극단적인 반사회적 행동, 완벽한 이성 상실, 파괴적인 성향, 과대망상, 인격분열. 예비 투약 문제도 논의되었다. 약은 어떻게 투여해야 할까요? 의사가 샴페인을 제안했을 때 클라이브는 적절한 축제의 음률이 떠오를 것만 같았다.

리허설이 끝나려면 아직 두 시간이 남아 있었으므로 클라이브는 돈을 봉투에 넣어 프런트에 맡기고 도어맨에게 호텔 앞으로 택시를 불러 달라고 부탁했다. 잠시 후 그는 콘세르트헤바우 건물 측면을 돌아 공연자 전용 출입구 앞에 서 있었다. 포터를 지나쳐 계단으로 이어지는 자동회전문을 밀자 오케스트라의 연주 소리가 귀에 닿았다. 마지막 악장이었다. 용케 시간을 맞췄다. 그는 계단을 오르며 이미 피날레의 악보를 수정하고 있었다. 지금 들려야 할 것은 클라리넷이 아니라 프렌치호른이야. 팀파니 기호는 피아노였잖아. 이것은 내 음악이다. 마치 사냥용 뿔피리가 시원으로 돌아가라고 그를 부르는 듯했다. 잊으려야 잊을 수 없는 소리들이었다. 클라이브는 걸음을 재촉했다. 그의 곡이 들려왔다. 그는 뿌듯한 마음으로 걸었다. 홀로 새운 숱한 밤. 지긋지긋한 언론. 앨런 크랙스. 왜 오후 내내 시간을 허비했을까. 왜 이 순간을 미뤄왔을까? 클라이브는 객석으로 이어지는 회랑을 질주하고픈 욕구를 간신히 억눌렀다. 그는 문을 열고 멈춰 섰다.

그는 계획했던 대로 오케스트라 뒤편 상부에 있는 특별석에 자리를 잡았다. 정확히 타악기 연주자들의 뒷자리였다. 연주자들은 그를 볼 수 없었지만 지휘자와 마주보는 자리였다. 줄리오 보의 눈은 감겨 있었다. 줄리오는 까치발로 서서 목을 한껏 빼고 왼팔을 오케스트라 쪽으로 뻗었다. 그가 손가락을 벌린 채 떨리는 손을 살며시 들어올리자 숨죽였던 트롬본이 달콤하고 영민하면서도 모반을 꾀하는 듯 완벽한 멜로디를 구현하기 시작했다. 클라이브가 어제 형사들에게 허밍으로 불러준 세기말판 〈아무도 잠들지 말라〉의 멜로디였다. 이름 모를 등산객 여자를 희생시킬 각오를 하면서까지 만든 멜로디. 클라이브의 결단은 옳았다. 음역이 커지고 현악 주자들이 일제히 활을 들어 물결치듯 풀리는 화성의 첫 속삭임을 살며시 켜자, 클라이브는 조용히 의자에 앉았다. 정신을 잃고 아득한 곳으로 떨어지는 듯했다. 트롬본의 음역에 빨려드는 악기 수가 늘어날수록 음의 짜임새는 더욱 복잡해졌고 불협화음은 전염병처럼 번져갔다. 단단한 소리의 파편들, 어디로도 끌려가지 못하는 변주들은 불꽃처럼 튀어올라 장차 밀려올 소리의 벽, 해일을 처음으로 암시했다. 물결은 솟구치기 시작했고 곧 으뜸조의 기저에 이르러 스스로의 몸이 산산이 부서질 때까지 자기 앞의 모든 것을 말끔히 집어삼킬 것이다. 그러나 그전에 지휘자가 지휘봉으로 단상을 두드렸고 오케스트라는 미적미적 연주를 멈췄다. 줄리오 보는 마지막 악기가 멎기를 기다렸다가 두 손을 들어 클라이브를 가리키며 외쳤다.

"환영합니다, 마에스트로!"

브리티시 심포니오케스트라의 전 단원이 고개를 돌렸고 클라이브는 몸을 일으켰다. 그가 무대로 내려오는 동안 현악기 주자들이 활로 보면대를 두드려댔다. 한 트럼펫 주자가 D장조 협주곡에서 따온 재기발랄한 4음절 모티프를 연주했다—하이든이 아닌 클라이브의 곡이었다. 유럽의 거장! 이 매혹적 향취! 그는 줄리오 보를 포옹하고 수석 주자와 악수를 나눈 다음 단원들에게는 겸손하게 굴복하려는 사람처럼 고개를 약간 수그리고 두 손을 반쯤 든 채 감사의 미소를 보냈다. 그리고 돌아서서 지휘자의 귀에 대고 속삭였다. 오늘은 오케스트라 단원들에게 작품에 대한 설명을 하지 않겠어요. 내일 모두 기운을 회복한 후에 얘기하죠. 지금은 뒤에서 듣기만 하는 게 좋겠습니다. 그는 클라리넷과 프렌치호른, 그리고 팀파니의 피아노 기호에 대한 의견을 덧붙였다.

"예, 맞아요." 줄리오 보가 재빨리 응수했다. "저도 그 부분이 걸리더군요."

제자리로 돌아간 클라이브의 눈에 연주자들의 굳은 표정이 들어왔다. 종일 강행군이었던 것이다. 호텔에서 열리는 리셉션이 분명 이들의 긴장을 풀어줄 것이다. 리허설은 계속되었다. 줄리오 보는 방금 들은 악절을 다듬기 위해 오케스트라를 악기별로 나누어 듣고, 여러 가지를 조정한 다음 무엇보다 레가토 표시에 유의해달라고 당부했다. 클라이브는 자리에 앉은 채로 자신의 관심이 기교적인 디테일에 쏠리는 것을 막고자 애썼다. 이제 그것은 음악이 되었다. 사고에서 소리로의 놀라운 변신이었다. 클라이브는 몸을 숙이고 눈을 감은 채 줄리오 보가 재현하는 파트에 귀를 기울였다. 클라이브는 때로 눈앞의 작업에 매달려 있느라 궁극적인 목적을 망각하기도 했다—음악을 통해 감각적이면서 추상적인 기쁨을 창조한다는 목적, 감각과 지성이 어우러지는 경계를 떠도는 무엇, 인간 언어의 범주를 초월한 곳에 존재하는 의미를 소리로 변환시킨다는 목적이었다. 어떤 음들은 그것을 짜내느라 발악했던 최근의 기억만을 떠올리게 할 뿐이었다. 줄리오 보는 다음 악절로 넘어가 소리를 다듬는 중이었다. 디미누엔도라기보다는 흐지부지 줄어드는 소리였다. 귓전에 울리는 음악은 클라이브에게 동틀녘에 비친 어지러운 작업실과 스스로에 대한 의문, 엄두조차 낼 수 없던 천재라는 단어를 떠올리게 했다. 그런 생각을 하다니 얼간이가 따로 없다. 매번 어불성설이라 여기고 말았지만 어떤 계기로 그런 생각을 하게 된 걸까.

트롬본 소리가 다시 들려왔다. 반쯤 눌린 듯했던 크레셴도가 분출하며 마침내 멜로디의 최종 주제를 제시하고 사육제 음악처럼 모든 악기가 힘차게 울려퍼졌다. 그러나 구제할 길 없는 단조로움. 클라이브는 손으로 얼굴을 가렸다. 걱정대로였다. 망한 작품이었다. 맨체스터로 떠나기 전에 그는 마지막 남은 몇 장을 초고 그대로 넘겨주었다. 달리 선택의 여지가 없었다. 손에 잡힐 듯했던 그 절묘한 음의 변화를 더이상 기억해낼 수 없었다. 경과구야말로 교향곡의 승리를 선언하는 순간이어야 했다. 파국에 앞서 모든 인간적 쾌락을 한데 몰아넣은 대목이어야 했다. 그러나 지금 연주되는 멜로디는 단순한 포르티시모의 반복이었고 글자 그대로 허풍이며 용두사미였다. 아니, 그 이하였다. 복수만이 이 공허를 채워주리라.

어차피 리허설이 끝나가고 있었으므로 줄리오 보는 오케스트라에게 마지막까지 연주를 시켰다. 클라이브는 어깨에서 힘이 빠져나갔다. 모든 악기가 따로 놀았다. 주제는 격한 불협화음의 파도에 휩쓸려 무너지고 음폭은 점점 커졌다. 스무 개의 오케스트라가 일제히 A음을 내듯 억지스러운 소리였다. 그것은 결코 불협화음이 아니었다. 사실상 모든 악기가 같은 음을 연주하고 있었다. 바람 빠진 거대한 백파이프 소리가 따로 없었다. 이 악기에서 저 악기로, 이 파트에서 저 파트로 넘어가며 연주되는 A음만이 들렸다. 클라이브의 절대음감은 순식간에 고통이 되었다. A음이 그의 뇌리를 뚫고 있었다. 객석을 뛰쳐나가고 싶었다. 그러나 줄리오가 빤히 지켜보는데 자신이 만든 곡의 리허설 종료를 몇 분 앞두고 자리를 뜬다면 뒷감당을 어찌하겠는가. 그렇게 클라이브는 의자에 깊숙이 몸을 묻고 생각에 빠진 포즈로 고개를 숙인 채 마지막 네 마디의 적막을 힘겹게 견뎠다.

클라이브는 공연자 전용 출입구에 대기중이던 지휘자의 롤스로이스를 타고 호텔로 돌아갈 예정이었다. 그런데 마침 줄리오 보가 오케스트라 일로 누군가와 얘기를 시작했고 클라이브는 콘세르트헤바우 밖의 어둠 속에서 잠시 혼자가 되었다. 그는 판 바를레스트라트를 오가는 군

중 틈에 섞여 걸었다. 사람들이 저녁 콘서트를 보러 하나둘씩 오는 중이었다. 슈베르트였다. (세상은 매독 환자 슈베르트의 음악에 질리지도 않는 걸까?) 그는 자신의 악보를 충분히 잘 알았다. A음이 얼마나 많고 그 부분이 실제로 어떻게 들리는지도. 그가 들은 것은 환청, 환상—아니, 환멸이었다. 변주의 부재가 걸작을 망쳤다. 지금 그는 자신이 마련한 계획에 어느 때보다 확신이 들었다. 그런 일이 가능하기만 하다면. 클라이브를 몰아가는 것은 더이상 분노가 아니었고 증오나 혐오도, 약속 이행의 의무도 아니었다. 그가 실행하려는 일에는 계약상 하자가 없었고, 윤리를 초월한 순수한 기하학적 필연성이 담겨 있었다. 그는 일말의 거리낌도 없었다.

차 안에서 줄리오 보는 클라이브에게 리허설 얘기를 꺼냈다. 대부분 악보 그대로 연주해도 좋겠지만 한두 곳은 내일 연주할 때 빼야만 할 것 같다고. 곡이 어설프다는 것을 알면서도 클라이브는 이 탁월한 지휘자로부터 교향곡을 칭송하는 말을 듣고 싶어 분위기를 그쪽으로 유도했다.

"전체적으로 잘 조화를 이루는 것 같습니까? 구조적으로 말이에요, 내 말은."

줄리오 보는 앞으로 몸을 숙이고 유리칸막이를 내려 운전석과 자리를 차단시켰다.

"좋은 곡이에요, 나무랄 데가 없습니다. 우리끼리 말이지만……" 그는 목소리를 낮추었다. "왜 그 제2오보에를 맡은 젊은 여자 말이에요. 예쁘긴 한데 실력이 신통치 않아요. 다행히 그 여자가 연주하는 부분엔 어려운 게 없더군요. 진짜 예쁘죠. 오늘 저하고 저녁 같이 먹기로 했어요."

함께 차를 타고 가는 짧은 시간 동안 줄리오 보는 막바지에 이른 브리티시 심포니오케스트라와의 유럽 순회공연을 추억했다. 클라이브는 두 사람이 함께한 가장 최근의 연주회를 회상했다. 프라하에서 있었던 〈데르비시 교향곡〉의 리바이벌 공연이었다.

"아, 네!" 보가 소리를 지른 순간 차가 호텔 앞에 멈추며 문이 열렸다. "기억나고말고요. 훌륭한 작품이었죠! 젊음의 창의성이 살아 숨쉬는 곡이었잖아요. 그런 작품은 다시 기대하기 힘들겠죠, 마에스트로?"

그들은 로비에서 헤어졌다. 지휘자는 서둘러 리셉션장으로 갔고 클라이브는 프런트에서 봉투 하나를 건네받았다. 호텔측에서 버넌이 반 시간 전에 도착해 누군가를 만나러 갔다고 알려주었다. 오케스트라와 관련 인사들, 언론인들을 위한 칵테일파티가 샹들리에 불빛이 흔들리는 호텔 안쪽의 갤러리룸에서 열리고 있었다. 문가에 웨이터 한 명이 쟁반을 들고 서 있었다. 클라이브는 한 잔은 버넌을 위해, 한 잔은 자신을 위해 집었다. 그는 외진 모퉁이의 창가로 가서 푹신한 소파에 자리를 잡고 의사의 지시사항을 읽었다. 그리고 하얀 가루가 든 작은 봉지를 뜯었다. 클라이브는 수시로 문가를 살폈다. 주초에 버넌이 전화를 걸어 경찰에 신고한 행동을 사과했을 때—내가 생각이 짧았어, 일에 짓눌려서, 악몽 같은 한 주였어, 등등—특히 그가 어차피 볼일도 있고 화해도 할 겸 암스테르담으로 오겠다는 제의를 했을 때 클라이브는 그럴싸한 대답을 했지만 수화기를 내려놓는 그의 손은 떨렸다. 버넌의 잔에 가루를 털어넣는 손이 그때처럼 떨리고 있었다. 샴페인에서 거품이 부글거리다 곧 가라앉았다. 클라이브는 새끼손가락으로 잔 주변에 앉은 뿌연 가루를 닦아낸 다음 양손에 잔을 하나씩 들고 일어섰다. 버넌의 잔은 오른쪽, 자신의 것은 왼쪽이다. 잘 기억해야 했다. 버넌이 바른 쪽이다. 비록 행동은 그른 쪽이었지만.

음악가들과 예술계 관료들, 평론가들이 칵테일을 마시며 왁자하게 떠드는 틈을 뚫고 지나가며 클라이브는 오직 한 생각뿐이었다. 의사가 오기 전에 어떻게 버넌에게 이 술을 마시게 할 것인가. 다른 술이 아닌 바로 이 술을. 가장 좋은 방법은 버넌이 쟁반에 있는 잔을 집어들기 전에 문가에서 바로 그를 낚아채는 것이겠지. 떠들썩한 금관악기 파트 무리를 돌아 모퉁이로 갈 때 샴페인이 잔에서 찰랑거려 클라이브의 손목 위로 흘러내렸다. 어느새 취기가 오른 팀파니 주자와 입씨름을 벌이는 콘트라베이스 연주자를 피하기 위해 클라이브는 갤러리를 빙 돌아가야 했다. 화기애애한 바이올린 연주자들 곁에는 플루트와 피콜로도 섞여 있었다. 여자들이 많아 분위기가 차분했다. 그들은 삼삼오오 모여 나긋나긋한 목소리로 얘기를 주고받았다. 공기에서 진하고 달콤한 향수 냄새가 풍겨왔다. 한쪽에서는 세 남자가 나지막이 플로베르에 대해 토론하고 있었다. 클라이브는 양탄자가 깔린 곳에 빈자리를 발견했다. 로비로 이어지는 날개문이 한눈에 보이는 곳이었다. 조만간 누군가가 말을 붙일 것이다. 조만간이랄 것도 없었다. 그 누군가란 폴 래너크라고, 난쟁이 똥자루만한 재수없는 놈이었다. 그는 클라이브를 지성인의 구레츠키라고 평했다가 나중에 공개적으로 철회한 후 이렇게 바꿔 말했다. '구레츠키는 지성인의 린리였다.' 그러고도 클라이브에게 다가올 배짱이 있다니 보통 낯짝이 아니다.

"아, 린리 씨. 한 잔은 제 겁니까?"

"웃기는 소리. 좋은 말로 할 때 사라져주시지."

마음 같아서는 오른손에 들린 술을 래너크에게 주면 속이 시원할 것 같았다. 클라이브는 반쯤 외면했으나, 평론가는 술에 취해 껄렁댔다.

"최근 작업 얘기 들었습니다. 제목이 정말 '밀레니엄 교향곡'입니까?"

"아니오. 언론에서 그렇게 부르는 거지." 클라이브가 뻿뻿하게 말했다.

"벌써 소문이 자자하더군요. 베토벤에서 베낀 게 많다면서요."

"꺼져."

"샘플링이라고 할 건가요? 아니면 포스트모던식 인용? 하지만 원래 모더니즘 이전 형식을 지지하시는 분 아니었습니까?"

"그 머저리 같은 면상을 갈기기 전에 꺼져."

"그럼 그 잔 하나 넘기세요. 한 손이라도 놀릴 수 있게."

클라이브가 두리번거리며 잔을 내려놓을 자리를 찾고 있을 때 버넌이 환한 웃음을 머금고 다가왔다. 유감스럽게도 버넌은 술이 가득 담긴 잔을 양손에 들고 있었다.

"클라이브!"

"버넌!"

"오호." 래너크가 짐짓 살살 감기는 목소리로 말했다. "벼룩 씨 오시는군요."

"어서 오게." 클라이브가 말했다. "자네 술도 여기 있는데."

"나도 자네 술 들고 왔어."

"그럼……"

두 사람은 한 잔씩을 래너크에게 넘겼다. 그리고 버넌은 클라이브에게, 클라이브는 버넌에게 잔을 건넸다.

"건배!"

버넌이 고개를 끄덕이며 클라이브에게 찡긋하더니 래너크에게 돌아섰다.

"최근 고위 명사들이 올라 있는 어떤 목록에서 선생 이름을 봤소. 판사, 경찰청장, 최고경영자, 의회 각료, 뭐 그런 사람들 말이죠……"

래너크가 헤벌쭉 얼굴을 붉혔다. "기사 작위에 관한 입방아들은 다 헛소문입니다."

"그렇겠죠. 난 웨일스에 있는 고아원 얘기를 하는 겁니다. 고위층 소아성애자들 말이오. 선생이 거기 들락거리는 모습이 비디오카메라에 대여섯 차례나 잡혔습디다. 해고당하기 전에 그 기사를 내려고 했더니만. 누구든 그 일은 반드시 터뜨려줄 거요."

적어도 십 초간 래너크는 군인처럼 팔꿈치를 옆구리에 딱 붙이고 샴페인잔을 내민 채 부동자세로 서 있었다. 그의 입가에서 억지웃음이 사라졌다. 눈이 불룩 튀어나오며 시선이 흐려졌고 목구멍에서 역연동운동이 일어나는 것처럼 뭔가 꿈틀대며 올라오는 듯했다. 그것이 경고신호였다.

"조심해!" 버넌이 소리쳤다. "물러나!" 두 사람은 재빨리 물러나 솟구쳐나오는 래너크의 토사물을 겨우 피했다. 실내는 물을 끼얹은 듯 조용해졌다. 플루트와 피콜로를 포함한 현악기 주자들이 얼굴을 찌푸리며 금관악기 쪽으로 우르르 몰려갔다. 음악 평론가와 그의 행적—초저녁에 아우더 호흐스트라트에서 마요네즈에 찍어먹은 감자튀김—만이

외로운 샹들리에 불빛 아래 남아 있었다. 클라이브와 버넌은 무리에서 벗어나 입구에 이르렀고, 그제야 조용한 로비로 나갈 수 있었다. 그들은 등받이 없는 긴 의자에 앉아 다시 샴페인을 홀짝였다. "녀석을 갈겨준 것보다 후련했어." 클라이브가 말했다. "근데 그 얘기, 근거 있는 거야?"

"그냥 넘겨짚은 건데, 진짜인가보지?"

"다시 건배!"

"건배! 그건 그렇고 이미 말했지만 경찰이 자넬 연행하게 한 것은 정말 미안해. 몸서리칠 짓이었어. 무조건 사과하지."

"이제 그만해. 자네가 일자리를 잃은 거며 그간 일어난 모든 일들을 뭐라고 위로해야 좋을지. 자넨 정말 최고였는데."

"그럼 우리 악수할까. 다시 친구로서."

"친구로서."

버넌은 잔을 비우고 하품하며 일어섰다. "이거, 같이 저녁 먹으러 가려면 눈 좀 붙여야겠는걸. 몸이 물에 젖은 솜처럼 무겁네."

"지난주에 오죽 힘들었겠어. 나도 목욕을 해야겠어. 한 시간쯤 후에 여기서 다시 볼까?"

"좋아."

클라이브는 버넌이 돌아서서 프런트로 가 방 열쇠를 받는 모습을 지켜보았다. 넓고 호화로운 계단 발치에 서 있던 남녀가 클라이브와 눈이 마주치자 고개를 끄덕였다. 잠시 후 그들은 버넌을 따라 계단을 올라갔고 클라이브는 로비 근처를 서성였다. 그러다 자신의 열쇠를 찾아 방으로 갔다.

얼마 후 클라이브는 욕실에 맨발로 서 있었다. 그는 다른 옷은 그대로 걸친 채 욕조 위로 몸을 굽히고 도금이 벗겨진 레버를 움직여 욕조 마개를 닫으려는 중이었다. 들어올리는 동시에 돌려야 하는 장치인데 클라이브는 그만한 요령이 없어 보였다. 한편 따뜻하게 데워진 대리석 바닥에 발바닥이 닿으니 새삼 피로가 몰려오는 느낌이 들었다. 사우스켄싱턴의 작업실에서 환히 새운 밤들, 혼란스럽기 그지없던 경찰서, 콘세르트헤바우에서 느꼈던 자부심. 그 역시 힘겨운 한 주를 보냈다. 목욕하기 전에 잠깐 눈을 붙이자. 침실로 되돌아와 클라이브는 바지를 벗어던지고 셔츠를 느슨히 푼 다음 달콤한 신음소리를 내며 커다란 침대에 벌렁 드러누웠다. 금빛 새틴으로 된 베드스프레드가 허벅지를 어루만지자 기운이 쭉 빠지며 일종의 황홀경이 찾아왔다. 모든 게 잘됐어. 곧 뉴욕으로 수지 마셀런을 만나러 가야지. 그러면 잠자고 있던 내 물건도 다시 깨어날 거야. 다리를 움직이는 게 그렇게 버겁지만 않았더라도 고급스러운 실크 같은 감촉 속에서—이 비싼 방은 공기마저도 비단결 같다—설레는 기대감으로 몸을 뒤척였을 것이다. 마음만 먹으면 그는 한 주간 일을 접고 수지와 사랑에 빠질 수 있으리라. 그녀는 좋은 친구였다. 솔직하고, 신뢰할 수 있고, 그에게 충실하고자 했다. 그런 생각을 하자 문득 사람들이 충직하게 따라야 할 바로 그런 사람인 자신에 대해 깊은 애정이 흘러넘쳤다. 눈물이 광대뼈를 타고 흘러내려 귀를 간지럽혔다. 닦으려고 했지만 그런 수고는 할 필요가 없었다. 바로 몰리가 방 저편에서 다가오고 있었기 때문이다. 몰리 레인! 그녀는 한 남자를 데리고 왔다. 장난기어린 도톰한 작은 입, 커다랗고 검은 눈, 그리고 새로운 머리—보브 스타일—가 그녀에게 썩 잘 어울렸다. 얼마나 감각 있는 여자인가.

"몰리!" 클라이브는 잠긴 목소리로 겨우 입을 뗐다. "미안해, 일어날 수가 없……"

"가엾은 클라이브."

"왜 이렇게 힘든지……"

몰리가 차가운 손을 그의 이마로 가져갔다. "클라이브, 당신은 천재야. 교향곡은 더할 수 없이 매혹적이고."

"리허설 봤어? 당신 안 보이던데."

"그렇게 바쁘고 대단한 분이 날 어떻게 알아볼까. 있지, 내가 누굴 데려왔어."

클라이브는 몰리의 연인들을 대부분 만나봤지만 이 사람은 기억에 없었다.

사교성이 뛰어났던 사람답게 몰리는 몸을 기울여 클라이브의 귀에 대고 소곤거렸다.

"본 적 있잖아. 폴 래너크."

"그럼, 알지. 수염을 길러서 못 알아봤어."

"저 사람, 클라이브 당신의 열성팬인걸. 사인을 받고 싶은데 부탁하기가 쑥스럽다나."

클라이브는 몰리를 위해서라면 뭐든 해줄 작정이었고 래너크의 긴장도 풀어주고 싶었다.

"그럴 필요 없는데. 뭐 어려운 거라고."

"정말 영광입니다." 래너크가 만년필과 종이를 내밀며 말했다.

"빈말 아니에요. 사인 하나 가지고 그리 수줍어할 필요 없어요." 클라이브가 그의 이름을 갈겨썼다.

"괜찮으시다면 여기도."

"괜찮죠. 글쎄 별거 아니라니까요."

글씨를 쓰기가 힘에 부쳐 클라이브는 다시 자리에 누워야 했다. 몰리가 다시 가까이 다가왔다.

"클라이브, 당신에게 간단히 할 말이 있어. 오늘 이후로 다시는 말하지 않을 거야. 그게, 레이크 디스트릭트에서 난 정말 당신의 도움이 필요했어."

"이럴 수가! 그게 당신이었단 말이야, 몰리?"

"당신은 항상 일이 먼저야. 그게 옳은지도 모르지만."

"맞아. 아니, 내 말은, 당신인 줄 알았다면 얼굴 홀쭉한 그깟 녀석 본때를 보여줬을 거야."

"물론 그랬겠지." 몰리는 그의 손목을 잡으며 작은 손전등으로 그의 눈을 비추었다. 얼마나 속 깊은 여자인가!

"팔이 후끈거려." 클라이브가 나지막이 속삭였다.

"가엾은 클라이브. 그래서 당신 소매를 걷어올리고 있잖아, 안 보여? 이제 래너크가 팔에 큰 주사기를 꽂으면서 자기가 당신 작품을 정말 어떻게 생각하는지 알려주고 싶대."

음악 평론가는 몰리의 말대로 했다. 아팠다. 칭송에는 아픈 데가 있기 마련이었다. 그러나 클라이브가 살아오며 배운 것이 한 가지 있다면 칭찬을 받아들이는 법이었다.

"진심으로 고마워요." 클라이브가 울먹이듯 말했다. "쑥스럽네요. 나 스스로도 그렇게까지 생각하는 건 아닌데. 어쨌든 좋아해주니 기뻐요.

정말, 너무너무 고마워……"

네덜란드 의사와 간호사의 눈에는 작곡가가 눈을 감기 전 베개에서 머리를 들며 더할 수 없이 공손한 인사를 하려는 듯 보였다.

5

그날 들어 처음으로 버넌은 혼자 있게 되었다. 그의 계획은 간단했다. 그는 비서실과 통하는 문을 조용히 닫고 신발을 벗어던진 후 전화기 코드를 뽑고 책상 위의 종이며 책들을 쓸어냈다. 그리고 그 위에 누웠다. 오전회의까지는 아직 오 분이 남아 있었고 잠깐 눈 붙인다고 뭐랄 사람은 없었다. 전에도 곧잘 그랬다. 자신이 최상의 컨디션을 유지한다면 결국 회사로서도 이익이었다. 자리를 잡고 누우니 그 스스로가 〈저지〉 사옥 로비에 있는 거대한 동상이나 된 것 같았다. 대리석을 깎아 만든 거대한 와상. 버넌 핼리데이, 행동가, 편집국장. 휴식중. 그러나 회의는 코앞이었고—빌어먹을—참석자들이 벌써 들어오고 있었다. 진에게 사람들을 들여보내지 말라고 일러둘 걸 그랬다. 버넌은 점심시간에 펍 같은 곳에서 기자들 입에 오르내리는 옛 편집국장들에 얽힌 일화들을 좋아했다. '대머리 게이트'로 이름을 날린 V. T. 핼리데이라고 있잖아. 책상에 누워서 오전회의를 주재하곤 했다지. 다들 보고도 못 본 척했대. 아무도 뭐라고 할 엄두를 못 냈어. 신발도 안 신었다더군. 하여간 요즘 사람들은 벼락출세한 회계사들처럼 죄다 간이 콩알만해가지고. 검은색 양복을 걸친 계집애들이 따로 없다니까. 자네, 진토닉 큰 걸로 한다고 그랬나? V. T. 하면 물론 저 유명한 1면 톱이지. 기사는 전부 2면으로 빼고 사진이 모든 얘기를 하도록 했어. 그때만 해도 신문에 위력이 있던 시절이지.

회의 시작합시다. 올 사람은 다 왔군. 프랭크 디븐, 그리고 그 곁에—반갑고 놀랍게도—몰리 레인이 있었다. 공사를 구분한다는 것이 버넌의 원칙이었으므로 그는 몰리에게 고개만 까딱해 보였다. 얼마나 아름다운 여자인가. 머리를 금발로 물들이다니 몰리의 감각은 알아줘야 해. 그녀를 고용한 나도 그렇지만. 파리 〈보그〉에서의 화려한 경력을 근거로 엄격한 심사를 거쳤다. 능력이 출중하던 M. L. 레인. 집안 청소는 안중에 없었지. 설거지도 나 몰라라.

머리를 팔꿈치로 받치지도 않고 버넌은 전날 기사 평가를 시작했다. 어찌된 일인지 베개가 머리를 받치고 있었다. 이 얘기를 하면 문법가들이 좋아하겠군. 프랭크 디븐이 쓴 기사 말이었다.

"전에도 말했지만," 버넌이 말했다. "다시 말하지. 만병통치약이란 단어는 특정한 질병과는 함께 쓸 수 없어. 모든 병을 치료한다는 거잖아. 암을 치료하는 만병통치약이 말이 되나?"

프랭크가 뻔뻔스레 곧장 버넌에게로 다가왔다. "제 생각은 다른데요." 국제부 차장인 그가 말했다. "암에는 여러 종류가 있어요. 암을 치료하는 만병통치약이란 나무랄 데 없는 표현입니다."

프랭크가 내려다보는 위치라 유리했지만 버넌은 겁먹은 티를 내지 않으려고 책상 위에 그대로 누워 있었다.

"내가 데스크를 맡고 있는 한 그런 꼴은 못 봐." 버넌이 조용히 말했다.

"상관없습니다." 프랭크가 말했다. "경비청구서에 사인해주세요." 그는 종이 한 장과 펜을 들고 있었다.

무서운 놈 F. S. 디븐. 이런 식으로 어물쩍 경비를 올리려고 하다니.

터무니없이 무례한 요구였다, 그것도 회의 도중인데! 싸움에 말려드는 대신 버넌은 회의를 계속 진행했다. 이번에도 프랭크가 쓴 같은 기사에서 나온 것이었다.

"지금은 1896년이 아니라 1996년이야. 부인하다라는 뜻으로 쓸 생각이었다면 반박하다란 단어를 쓰지 마!"

몰리가 프랭크의 입장을 두둔하려고 버넌에게로 다가온 것은 적이 실망스러운 일이었다. 아냐, 그럴 수 있지! 몰리와 프랭크. 진작에 알아봤어야 했다. 몰리는 버넌의 셔츠 소매를 잡아당기며 현재 애인의 이득을 챙겨주려고 편집국장과의 사적인 관계를 이용하고 있었다. 그녀가 몸을 기울여 그에게 귓속말을 소곤거렸다.

"버넌, 프랭크는 빚이 있어. 우린 돈이 필요해. 우린 뤼 드 센에 있는 아담한 집에 함께 살고 싶어……"

몰리는 정말 아름다운 여자였고 버넌은 그녀를 절대 거부할 수 없었다. 그녀가 포르치니 굽는 법을 가르쳐준 이후로는 그럴 수 없었다.

"좋아. 빨리 해. 회의를 계속해야지."

"두 군데요." 프랭크가 말했다. "위하고 아래요."

버넌은 '편집국장 V. T. 핼리데이'라고 두 번 사인을 했다. 그것만도 반시간은 걸리는 듯했다. 버넌은 사인을 끝내고 기사 브리핑을 계속했다. 몰리가 그의 셔츠 소매를 말아올리고 있었다. 이건 또 뭐하는 거냐고 물으면 회의가 더 길어질 것이다. 디븐도 여전히 버넌의 책상 주변을 맴돌았다. 그러나 버넌은 이제 그들에게 주의를 기울일 틈이 없었다. 생각이 너무 많았다. 더 높은 예지를 발견한 그의 심장은 고동을 쳤다.

"중동 문제를 봐. 우리 신문이 친아랍적 성향으로 유명하긴 하지만, 잔학행위는 어느 편이건 가차없이 비판해야 하는……"

위팔의 따끔거리는 통증에 대해서는 누구에게도 말하지 않을 생각이었다. 그리고 어렴풋이나마 막 깨닫기 시작한 사실들, 지금 그가 실제로 어디에 있고 샴페인잔에는 무엇이 들어 있었으며 이 방문객들이 누구인지에 대해서도.

그는 말을 멈추고 잠시 침묵에 잠겼다. 그리고 드디어 체념한 투로 중얼거렸다.

"저것들이 다 망치고 있군."

6

그주에 총리는 개각을 단행했다. 여론이 유리한 방향으로 흘렀음에도 가머니가 퇴진한 이유는 〈저지〉의 사진 때문이라는 게 일반적 관측이었다. 가머니는 당사의 복도와 평의원들 사이에서 자신의 11월 경선 출마에 대한 관심이 하룻밤 사이 종적 없이 사라지는 모습을 지켜보았다. 대외적으로는 감정에 호소하는 정치로 국민들의 용서 내지는 관용을 이끌어냈을지 몰라도, 정작 정치가들은 지도자가 될 인물의 그런 핸디캡을 원치 않았다. 그의 운명은 〈저지〉의 편집국장이 바라던 대로 세상으로부터 망각되는 것이었다. 그 결과 줄리언 가머니는 부담스럽게 따라붙는 언론도 수행원도 하나 없이 공항 VIP 라운지로 갈 수 있었다. 현재 신분으로도 아직은 이용할 수 있었다. 거기서 그는 무료로 제공되는 스카치위스키를 마시려는 조지 레인과 우연히 마주쳤다.

"아, 줄리언. 같이 한잔하시겠습니까?"

몰리의 장례식 이후 처음 마주하는 두 사람은 경계심을 풀지 않고 악수를 나눴다. 가머니는 사진을 판 사람이 레인이라는 소문을 들었다. 레인은 가머니가 어느 선까지 알고 있는지 몰랐다. 가머니 쪽에서는 몰리와 자신의 관계에 대한 레인의 태도가 미지수였다. 레인은 자신이 가머니를 얼마나 경멸하고 있는지, 경멸한다는 걸 그가 알고나 있을지 궁금했다. 둘 다 시신을 영국으로 호송해오려고 암스테르담으로 가려는 참이었다. 조지는 핼리데이 가족의 오랜 벗이며 〈저지〉에서 버넌을 후원했던 사람의 자격으로, 줄리언은 내각에서 클라이브를 지지했던 관계로 린리 재단의 위촉을 받아서였다. 재단 관계자들은 시신이 국경을 넘는 데 필요한 번거로운 절차를 전임 외무장관이 덜어주리라 기대했다.

두 사람은 술잔을 들고 붐비는 라운지를 빠져나와—요즘엔 VIP 아닌 사람이 없었다—화장실 문 앞에서야 겨우 숨 돌릴 구석을 찾았다.

"고인을 위하여."

"고인을 위하여."

잠시 후 가머니가 말했다. "조지, 이왕 이렇게 만나게 된 거 어디 툭 터놓고 얘기나 해봅시다. 그 사진 당신이 제공한 게 맞습니까?"

조지 레인은 펄쩍 뛰는 척하며 서운하다는 투로 말했다. "사업가로서 나는 지금까지 집권당의 충실한 후원자였고, 기부금도 꼬박꼬박 내왔습니다. 그런 내가 뭐가 답답해 그런 짓을 한답니까? 버넌 핼리데이가 그 사진들을 수중에 가지고 있으면서 기회를 노렸겠죠."

"저작권 입찰이 있었다던데요."

"몰리는 저작권을 린리에게 양도했어요. 그가 그걸로 한몫 챙기지 않았겠어요. 물어보고 싶지도 않았습니다."

가머니는 스카치를 홀짝이며 사진의 출처를 보호할 수밖에 없을 〈저지〉의 입장을 생각해보았다. 만약 레인이 거짓말을 하는 거라면 빼어난 거짓말이었다. 레인의 말이 사실이라면 클라이브 린리는 그의 작품들과 함께 지옥으로 떨어져야 마땅했다.

탑승 안내방송이 나왔다. 두 사람이 리무진을 타러 내려가는 도중에 조지가 가머니의 팔을 잡으며 말했다. "저기, 난 당신이 이번 사태를 참 훌륭하게 극복했다고 생각합니다."

"아, 그래요?" 돌아보지 않고 가머니가 슬그머니 팔을 뺐다.

"그럼요. 그보다 못한 일로 목매는 남자들이 허다한데요."

한 시간 반 후 그들은 네덜란드 정부에서 제공한 차를 타고 암스테르담 거리를 달리고 있었다.

두 사람 사이에 서먹한 침묵이 계속되자 조지가 호기로운 척 말했다. "버밍엄 초연이 연기됐다죠."

"취소된 거라고 봐야죠. 줄리오 보가 그 작품은 실패작이라고 한다네요. 브리티시 심포니오케스트라도 단원 절반 이상이 그 곡 연주를 거부한대요. 끝부분은 염치없이 베토벤의 〈환희의 송가〉를 베낀 거라더군요. 한두 음만 바꿔서요."

"자살할 만했네요."

시체는 암스테르담경찰청 지하의 작은 안치소에 보관돼 있었다. 레인과 시멘트 계단을 밟고 내려가며 가머니는 런던경찰청 아래에도 이런 비밀스러운 장소가 있었나 하는 의문이 들었다. 이제는 알 길이 없다. 공식적인 확인절차가 있었다. 네덜란드 내무부 관료들이 전임 장관에게 긴히 할 말이 있는 듯 그를 한쪽으로 데려갔다. 혼자 남은 조지 레인은 옛친구들의 얼굴을 바라보았다. 그들은 놀랄 만치 평화로워 보였다. 흥미로운 말을 하던 사람처럼 버넌의 입은 약간 벌어져 있었고, 클라이브는 박수갈채에 묻힌 사람처럼 행복한 표정이었다.

곧이어 가머니와 레인은 다시 차를 타고 시내 번화가를 달리고 있었다. 두 남자는 깊은 생각에 잠겨 있었다.

"조금 전에 흥미로운 얘기를 들었어요." 잠시 후 가머니가 말했다. "언론에서 헛다리를 짚었더군요. 우리 모두 그랬죠. 두 건의 자살이 아니었답니다. 서로 독살했다는군요. 정체 모를 마약을 타 먹였다네요. 서로를 살인한 거라고."

"그럴 수가!"

"여긴 안락사 허용법을 악용하는 양심 없는 의사들이 있다는군요. 대부분 가족 중 늙은 사람을 죽여주고 돈을 받는답니다."

"거참." 조지가 말했다. "그러고 보니 〈저지〉에 그런 기사가 실렸던 것도 같군요."

조지는 차창 밖으로 시선을 돌렸다. 차는 천천히 브라우에르스운하를 지나고 있었다. 눈부시게 밝고 잘 정돈된 거리였다. 한쪽 모퉁이에 마약을 팔 만한 깔끔하고 아담한 커피숍이 있었다.

마침내 조지가 한숨을 내쉬었다. "네덜란드인다운 합리적인 법이네요."

"그러게요." 가머니가 말했다. "합리적인 것으로 치자면 따라올 민족이 없겠죠."

오후 늦게 영국으로 돌아온 가머니와 레인은 우선 운구절차를 밟았다. 세관을 통과하자 각자의 기사가 대기하고 있었다. 두 사람은 악수를 나누고 헤어졌다. 가머니는 가족들과 시간을 보내러 윌트셔로, 레인은 맨디 핼리데이에게로 갈 작정이었다.

조지는 길목 어귀에 차를 세우게 하고 몇 분을 걸었다. 홀로 남은 버넌의 아내에게 할 말을 미리 정리해둘 필요가 있었다. 조지는 웅장한 빅토리아풍 저택들 사이를 거닐었다. 선선하고 나른한 저녁 어스름이었고, 이른봄의 첫 잔디깎이 소리를 귓결로 들으며 조지의 생각은 엉뚱한 방향으로 기분좋게 흘러가고 있었다. 가머니는 고꾸라졌고, 거짓말쟁이 아내가 기자회견에서 그의 외도를 부인함으로써 그는 마누라 손아귀에서 옴짝달싹 못하는 신세가 되었다. 그리고 이제 버넌은 갔다. 그리고 클라이브도. 몰리의 옛 애인들과 치른 전쟁을 돌이켜보면 대체로 성과가 그리 나쁘지 않다. 지금이야말로 몰리의 추도식을 고려해볼 만한 적기인지도 모른다.

조지는 핼리데이의 집 현관 계단에서 멈춰 섰다. 맨디를 안 지도 수년이 흘렀다. 멋진 여자였다. 열정적이라고나 할까. 저녁을 먹으러 가자고 청해도 너무 이른 초대는 아니리라.

그래, 추도식이다. 세인트제임스보다는 세인트마틴교회가 나을 것이다. 요즘 조지가 출판한 부류의 책을 읽는 머저리들은 세인트제임스를 선호한다. 좋아, 그러니까 장소는 세인트마틴교회로 정하고, 연설은 다른 사람 없이 나만 하는 거야. 저희끼리 눈짓을 나눌 옛 정부들 따위는 없어. 조지는 미소를 지으며 벨을 눌렀다. 그는 이미 달뜬 마음으로 조문객 명단에 오를 얼굴들을 한 사람씩 짚어보고 있었다.

저마다의 과오를 향해,
낭만의 시대와 작별중인 어느 세대의 이야기

몰리 레인의 장례식에 네 남자가 모인다. 포르치니 굽는 법을 알고, 마흔여섯의 나이에도 옆으로 재주넘기를 거뜬히 해내던 레스토랑 평론가이자 사진작가인 몰리는 갑작스러운 병마에 시달리다 작별인사조차 건네지 못하고 그들을 떠났다.

젊은 날 각기 몰리의 연인인 적이 있었으며 오랜 벗이기도 한 클라이브와 버넌은 의식을 잃고 남편 조지의 감옥에 갇혀 죽어간 '가엾은 몰리'를 애도하면서 자신들에게도 언제든 '무슨 일이 벌어지는 줄도 모르고 죽어가는' 뇌사의 상황이 닥칠 수 있음을 염려한다. 그리고 두 사람은 서로에게 회복할 수 없는 정신적 악화의 징후가 보이면 안락사가 허용된 '합리적이고 이성적인 도시' 암스테르담으로 데려가 자비롭고 존엄한 죽음을 맞이할 수 있도록 도와주기로 약속한다.

며칠 후, 뜻하지 않게 버넌의 손에 들어온 사진 한 장은 이들의 우정을 시험대에 올린다. 사진 속의 인물은 장례식에 나타났던 몰리의 마지막 연인이며, 다가올 총선에서 영국 보수당의 총리 후보로 출마할 예정인 외무장관 줄리언 가머니다. 버넌은 인종차별과 사형제도의 부활 등 시대를 역행하는 정치노선으로 입지를 굳혀온 가머니의 위선을 폭로하고, 그의 정치생명을 한 방에 끝내줄 문제의 사진을 자신의 신문 〈저지〉에서 공개하려 한다. 버넌은 (도덕적 십자군이라도 된 듯*) 공공의 이익을 앞세워 신문사의 판매부수를 올리려는 동시에 자신의 존재감을 부각시키는 데 열중하고, 클라이브는 고인이 된 몰리의 과거를 모독할 뿐 아니라 공익활동과 무관한 개인의 사생활을 침범하려는 버넌의 행위에 격분한다. 하지만 머리를 식히고 새로운 영감을 떠올리기 위해 떠난 호수지대에서 클라이브 자신도 곤경에 처한 눈앞의 여성을 돕는 대신 위대한 작곡가라는 명성을 안겨줄 교향곡의 작곡을 선택한다. 카리스마 넘치고 능수능란한 정치인으로 등장한 가머니는 자신의 경력에 결정적 타격이 될 '복장도착' 사진 앞에서 어린아이처럼 맥없이 허물어지는 퇴행적인 모습을 보인다.

몰리의 죽음과 더불어 젊은 날의 낭만에 작별을 고하고, 도덕적인 우월을 다투며 최후의 승자가 되고자 질주하는 소설 속의 네 남자는 결국 모두 한심한 기회주의자라는 것이 밝혀진다. 자신이 맡은 역할의 중요성을 아무리 강조하고 부풀려도 그들은 결국 '아무것도 아니었다'.

---

* Sylvia Rubin, "Ian McEwan's Humorous Path To Amsterdam," *San Francisco Chronicle*, 3 February 1999.

자유로움을 추구하면서도 고급 승용차와 저택을 소유한 남자와의 사랑 없는 결혼을 선택한 몰리, 남편의 추락을 막고자 언론의 선정성을 역이용하는 로즈 가머니도 예외는 아니다. 그렇게 『암스테르담』은 자기기만과 허위로 가득한 삶을 살며, 자신의 행위를 정당화하고 죄책감에서 벗어나고자 애쓰는 과거의 영웅들이 써내려가는 '자신에게만 명대사가 주어진 한 편의 드라마'가 된다.

> 무슨 말을 나눴는지, 지금 돌이켜보면 버넌에게 무슨 말을 했어야 했는지. 그건 회상인 동시에 환상이었다. 그는 자신에게만 명대사가 주어진 한 편의 드라마를 연출하고 있었다. 애수어린 통찰이 담긴 힐난의 대사들은 간결하고 감정이 절제돼 있기에 더욱 가차없고 반박의 여지가 없었다.

한때 다른 세상을 만들기 위해 투쟁했던 사람들, 그리고 자신들이 이룬 체제에서 기득권층으로 살아온 지 오래인 세대. 영국의 68세대로 불리는 이 소설의 주인공들은 '철의 여인' 마거릿 대처 정권의 수혜를 받고 자랐다. 작가의 말을 빌리면 '전후의 사회복지국가에서 태어나 나라가 주는 젖과 꿀을 먹고 자라고, 부모들이 이룬 소박한 부에 얹혀살다가 곧장 완전고용의 시대에 돌입한 세대'이고, 이제는 뒤질세라 '취미와 가치관, 재산을 불리는 데 여념이 없'으며, 자신들이 그토록 혐오하던 부모 세대를 뛰어넘는 속물들이 되었다. 그들은 대처리즘의 신보수주의, 신자유주의 성향을 무의식적으로 답습하고, 도덕적 결정을 내려야 할 순간에 자신의 이기적인 필요와 욕망에 집중한다.

툭 터놓고 말해 두 사람 사이의 우정을 통해 클라이브 자신이 얻은 게 뭐란 말인가? 베풀기만 했지 돌려받은 게 있을까? 두 사람을 연결하는 건 무엇이었나? 그들은 몰리를 공유했고 수년 동안 우정을 쌓아왔지만, 속 빈 강정이었다.

클라이브와 버넌은 우정의 '손익분기점'을 따지며 법정 앞에 선 피고와 원고처럼 모든 책임을 상대에게 돌린다. 친구에서 적으로 돌변한 그들은 남은 증오를 에너지삼아 서로를 죽이려고까지 한다. '관대하고 열린 사고를 지닌, 성숙한 장소'인 암스테르담이 두 사람이 계획하는 암살의 무대가 된다. 집요하게 '네 탓'에만 매달릴 뿐 그들은 스스로에게 묻지 않는다. 나는 누구인가? 정치적, 사회적 변화와 개혁을 성취하고 인문학의 발달과 과학적 진보를 이뤘다고 자부하는 그들. 많은 것들이 변하는 것처럼 보여도 많은 것들이 과거와 동일하게 유지된다. 도덕적 딜레마에 빠진 등장인물들을 궁지로 몰아가며 작가는 냉정하게 묻는다. 너는 어떤 사람인가? 인간에 대한 믿음과 일상이라는 허울, 베일이 걷힌 자리에 남는 것은 사소한 질투와 끝없는 자기연민, 그리고 세상과 상대를 향한 '무정함heartlessness'(〈선데이 텔레그래프〉)뿐이다.

1998년 이 작품으로 부커상을 수상하던 날 저녁, 이언 매큐언은 한 인터뷰에서 이런 얘기를 했다. "오래전부터 짤막한 소설을 써보고 싶었습니다. 서너 시간 안에 읽을 수 있는 그런 소설 말이죠. 소설이란 것이 어떤 식으로 작동하는지 독자가 구조를 훤히 들여다볼 수 있는 작품이요. 『암스테르담』을 쓰면서 가졌던 욕심은 독자와 그런 플롯을 공유하는 거였지요. 플롯 자체가 재미를 내포한, 플롯이 독자를 이끌어가는 소설을 쓰고 싶었습니다. 그러면서 내내 일종의 연극적 형식을 염두에 두고 있었어요. 원래 이 작품에는 희비극comi-tragedy이라는 부제가 달려 있었고, 그래서 다섯 부로 구성되었죠. 원고에서 잘려나간 부분이 굉장히 많아요. 더이상 뺄 것이 없다고 느껴질 때까지 삭제하고 또 삭제하는 과정을 반복했습니다."

작가는 의도대로 자신이 소설의 내러티브 기법을 얼마나 정확하고 유연하게 구현할 수 있는지 보여준다. 생략을 두려워하지 않고, 노골적인 진술을 거부함으로써 그는 훌륭한 이야기꾼이 된다. 잔인함과 배신으로 얽히고설킨 내용이지만, 한 독자의 평처럼 읽는 사람은 마치 '비단으로 얼굴을 맞는 느낌'을 받는다.

1948년 올더숏에서 태어나 직업군인인 아버지를 따라 극동지역과 북아프리카 등지를 떠돌며 어린 시절을 보낸 이언 매큐언은 자연스레 대다수의 영국인들과는 다른 '이방인의 시선'을 지니게 되었다. 자국의 과거 식민지에서 반영감정反英感情으로 인해 한동안 이동에 제한을 받았던 시간들, 하층계급 출신이라는 이유로 군대 내에서도 차별을 감수해야만 했던 아버지를 지켜보던 경험 등은 정치적, 사회적 사건이 개인의 삶에 미치는 영향에 대한 남다른 탐구와 작가적 관심으로 이어진다. 그럼에도 데뷔 이후 상당히 오랫동안 대부분의 비평가와 독자는 그가 다룬 근친상간, 유아 살해와 같은 충격적 소재들에 주목했다. 작가 스스로 '완전히 다른 책'을 쓰고 있는데도 기자들은 여전히 쓰레기 산이나 죽은 쥐 옆에서 포즈를 취해주기를 원한다고 불평할 정도로 '엽기

이언Ian Macabre'이라는 별명은 줄기차게 그를 따라다녔다. 부커상 수상은 무엇보다 이런 편견으로부터 벗어나 그의 문학적 여정을 인정받을 계기를 마련해주었다. 가부장적 권력 구조에 대한 날선 비판과 영미문학의 전통을 이어가는 적통의 측면이 새로이 부각된 것이다. 다양한 직업군이 등장하는 그의 소설은 일work이라는 틀 안에서 나타나는 인간 행동의 패턴과 다양한 직업 세계를 묘사할 때는 키플링과 업다이크를, 사회풍자적인 면은 에벌린 워의 초기 소설들을 떠올리게 한다는 평을 받는다. 도덕과 사회문제에 대해 한층 날카롭고 단단해진 작가의 시선이 『속죄』 『체실 비치에서』 『칠드런 액트』와 같은 이후의 작품들에서 빛을 발하며 그는 현대 영국문학을 이끄는 대표적인 작가로 발돋움했다.

반항기 가득한 목소리로 '늙기 전에 죽고 싶다'고 외치던 '더 후'의 노래 〈나의 세대〉(1965)가 당시의 기성세대를 향한 젊은 68세대의 외침이었다면, 이 작품은 이언 매큐언이 이제는 '더 늙기 전에 죽어야 하나'를 고민할지도 모를 자신의 세대에게 돌려보내는 유머 넘치면서도 냉정한 일갈이다.

이게 바로 내 세대야 This is my generation
이게 바로 내 세대라고 This is my generation, baby
당신들 다 사-라져버리면 안 되나 Why don't you all f-fade away
(내 세대에 대해 얘기해볼까) (Talkin' 'bout my generation)
우리가 뭐---라든 신경 끄셔 And don't try to dig what we all

s-s-say

(내 세대에 대해 얘기해볼까) (Talkin' 'bout my generation)

나 큰 사---고 치려는 거 아니거든 I'm not trying to cause a big s-s-sensation

(내 세대에 대해 얘기해볼까) (Talkin' 'bout my generation)

난 그저 내 세---대에 대해 말하는 것뿐이라니까 I'm just talkin' 'bout my g-g-g-generation

(내 세대에 대해 얘기해볼까) (Talkin' 'bout my generation)

1999년과 2008년 두 차례에 걸쳐 국내에 소개되었다가 한동안 절판 상태였던 이 작품이 문학동네 세계문학전집을 통해 새로운 모습으로 독자들을 만나게 되어 기쁘다. 가볍지 않은 윤리적 질문을 넘어 크고 작은 아이러니와 반전으로 가득한 작가의 절묘한 솜씨를 독자 여러분도 만끽할 수 있기를 바라며, 재출간에 힘써준 모든 분께 감사의 마음을 전한다.

박경희

이언 매큐언 연보

1948년 영국 올더숏에서 출생.

1970년 서식스대학교 영문학부 졸업.

1971년 이스트앵글리아대학교에서 소설가 맬컴 브래드버리의 지도하에 소설 창작을 공부하고 문학석사학위를 받음.

1975년 소설집 『첫 사랑, 마지막 의식*First Love, Last Rites*』으로 데뷔.

1976년 『첫 사랑, 마지막 의식』으로 서머싯 몸 상 수상.

1978년 소설집 『이불 속에서*In Between the Sheets*』, 첫 장편소설 『시멘트 가든*The Cement Garden*』 출간.

1981년 『위험한 이방인*The Comfort of Strangers*』 출간, 부커상 최종후보에 오름. 페니 앨런과 결혼.

1983년 영국 왕립 문학회 회원으로 선출. 마이클 버클리의 오라토리오 〈우리도 죽어야 하는가Or Shall We Die?〉의 대본집 출간.

1985년 시나리오를 집필한 영화 〈농부의 점심The Ploughman's Lunch〉 개봉.

1987년 『차일드 인 타임*The Child in Time*』 출간, 휫브레드 소설상 수상.

1988년 티모시 모의 소설 『달콤 쌉쌀*Sour Sweet*』을 동명의 영화 시나리오로 각색.

1990년 『이노센트*The Innocent*』 출간. 『위험한 이방인』이 영화화됨(한국에서는 '베니스의 열정'으로 소개).

1992년 『검은 개*Black Dogs*』 출간, 부커상 최종후보에 오름.

1993년 『이노센트』를 직접 각색한 동명의 영화 개봉. 『시멘트 가든』

이 영화화됨. 『차일드 인 타임』으로 프랑스 페미나 외국문학상 수상.

1994년 어린이책 『피터의 기묘한 몽상*Daydreamer*』 출간, 페니 앨런과 이혼.

1997년 『견딜 수 없는 사랑*Enduring Love*』 출간, 「첫 사랑, 마지막 의식」이 영화화됨. 애널레나 매커피와 결혼.

1998년 『암스테르담*Amsterdam*』 출간, 부커상 수상.

1999년 독일 셰익스피어상 수상.

2000년 영국 왕실로부터 커맨더 작위 받음.

2001년 『속죄*Atonement*』 출간, 부커상 최종후보, 휫브레드 소설상 후보에 오름.

2002년 『속죄』로 LA 타임스 도서상, 전미도서비평가협회상, WH 스미스 문학상 수상.

2005년 『토요일*Saturday*』 출간. 부커상 후보에 오름. 제임스 테이트 블랙 기념상 소설 부문 수상.

2007년 『체실 비치에서*On Chesil Beach*』 출간, 부커상 최종후보에 오름. 『속죄』를 원작으로 한 영화 〈어톤먼트〉가 개봉되어 골든글로브 작품상 등 수상.

2008년 『체실 비치에서』로 브리티시 북 어워드 올해의 도서상, 작가상 수상. 대본을 쓴 마이클 버클리의 오페라 〈너에게For You〉 초연. 유니버시티 칼리지 런던에서 명예 문학박사학위 받음. 〈타임스〉 선정 '1945년 이후 가장 위대한 50인의 영국 작가'에 이름을 올림.

2010년 『솔라*Solar*』 출간.

2011년 예루살렘상 수상.

2012년 『스위트 투스*Sweet Tooth*』 출간.

2014년 『칠드런 액트*The Children Act*』 출간.

2016년 『넛셸*Nutshell*』 출간.

2017년 『체실 비치에서』 『칠드런 액트』를 직접 각색한 동명의 영화 각각 개봉.

2019년 『나 같은 기계들*Machines Like Me*』 『바퀴벌레*The Cockroach*』 출간.

2020년 괴테 메달 수여.

2022년 『레슨*Lessons*』 출간.

문학동네 세계문학전집 발간에 부쳐

세계문학은 국민문학 혹은 지역문학을 떠나 존재하는 문학이 아니지만 그것들의 총합도 아니다. 세계문학이라는 용어에는 그 나름의 언어와 전통을 갖고 있는 국민문학이나 지역문학의 존재를 인정하면서 그것을 넘어서는 문학의 보편적 질서에 대한 관념이 새겨져 있다. 그 용어를 처음 고안한 19세기 유럽인들은 유럽문학을 중심으로 그 질서를 구축했지만 풍부한 국민문학의 전통을 가지고 있는 현대의 문학 강국들은 나름의 방식으로 세계문학을 이해하면서 정전(正典)의 목록을 작성하고 또 수정한다.

한국에서도 세계문학 관념은 우리 사회와 문화의 변화 속에서 거듭 수정돼왔다. 어느 시기에는 제국 일본의 교양주의를 반영한 세계문학 관념이, 어느 시기에는 제3세계 민족주의에 동조한 세계문학 관념이 출현했고, 그러한 관념을 실천한 전집물이 출판됐다. 21세기 한국에 새로운 세계문학전집이 필요하다는 것은 명백하다. 우리의 지성과 감성의 기준에 부합하는 세계문학을 다시 구상할 때가 되었다.

문학동네 세계문학전집은 범세계적으로 통용되는 고전에 대한 상식을 존중하면서도 지난 반세기 동안 해외 주요 언어권에서 창작과 연구의 진전에 따라 일어난 정전의 변동을 고려하여 편성되었다. 그래서 불멸의 명작은 물론 동시대 세계의 중요한 정치·문화적 실천에 영감을 준 새로운 작품들을 두루 포함시켰다.

창립 이후 지금까지 한국문학 및 번역문학 출판에서 가장 전문적이고 생산적인 그룹을 대표해온 문학동네가 그간 축적한 문학 출판 경험을 바탕으로 새로운 세계문학전집을 펴낸다. 인류가 무지와 몽매의 어둠 속을 방황하면서도 끝내 길을 잃지 않은 것은 세계문학사의 하늘에 떠 있는 빛나는 별들이 길잡이가 되어주었기 때문이다. 우리가 자부심과 사명감 속에서 그리게 될 이 새로운 별자리가 독자들의 관심과 애정에 힘입어 우리 모두의 뿌듯한 자산이 되기를 소망한다.

문학동네 세계문학전집 편집위원
민은경, 박유하, 변현태, 송병선, 이재룡, 홍길표, 남진우, 황종연

세계문학전집 224
암스테르담

1판 1쇄 2023년 2월 28일
1판 2쇄 2023년 5월 2일

지은이 이언 매큐언 | 옮긴이 박경희

책임편집 박아름 | 편집 오영나 황문정 오동규
디자인 김이정 최미영 | 저작권 박지영 형소진 최은진 오서영
마케팅 정민호 김도윤 한민아 이민경 안남영 김수현 왕지경 황승현 김혜원 김하연
브랜딩 함유지 함근아 박민재 김희숙 고보미 정승민 배진성
제작 강신은 김동욱 임현식 | 제작처 영신사

펴낸곳 (주)문학동네 | 펴낸이 김소영
출판등록 1993년 10월 22일 제2003-000045호
주소 10881 경기도 파주시 회동길 210
전자우편 editor@munhak.com | 대표전화 031)955-8888 | 팩스 031)955-8855
문의전화 031)955-1927(마케팅), 031)955-2646(편집)
문학동네카페 http://cafe.naver.com/mhdn
인스타그램 @munhakdongne | 트위터 @munhakdongne
북클럽문학동네 http://bookclubmunhak.com

ISBN 978-89-546-8947-2 04840
978-89-546-0901-2 (세트)

www.munhak.com

1, 2, 3 안나 카레니나 레프 톨스토이 | 박형규 옮김
4 판탈레온과 특별봉사대 마리오 바르가스 요사 | 송병선 옮김
5 황금 물고기 르 클레지오 | 최수철 옮김
6 템페스트 윌리엄 셰익스피어 | 이경식 옮김
7 위대한 개츠비 F. 스콧 피츠제럴드 | 김영하 옮김
8 아름다운 애너벨 리 싸늘하게 죽다 오에 겐자부로 | 박유하 옮김
9, 10 파우스트 요한 볼프강 폰 괴테 | 이인웅 옮김
11 가면의 고백 미시마 유키오 | 양윤옥 옮김
12 킴 러디어드 키플링 | 하창수 옮김
13 나귀 가죽 오노레 드 발자크 | 이철의 옮김
14 피아노 치는 여자 엘프리데 옐리네크 | 이병애 옮김
15 1984 조지 오웰 | 김기혁 옮김
16 벤야멘타 하인학교 - 야콥 폰 군텐 이야기 로베르트 발저 | 홍길표 옮김
17, 18 적과 흑 스탕달 | 이규식 옮김
19, 20 휴먼 스테인 필립 로스 | 박범수 옮김
21 체스 이야기 · 낯선 여인의 편지 슈테판 츠바이크 | 김연수 옮김
22 왼손잡이 니콜라이 레스코프 | 이상훈 옮김
23 소송 프란츠 카프카 | 권혁준 옮김
24 마크롤 가비에로의 모험 알바로 무티스 | 송병선 옮김
25 파계 시마자키 도손 | 노영희 옮김
26 내 생명 앗아가주오 앙헬레스 마스트레타 | 강성식 옮김
27 여명 시도니가브리엘 콜레트 | 송기정 옮김
28 한때 흑인이었던 남자의 자서전 제임스 웰든 존슨 | 천승걸 옮김
29 슬픈 짐승 모니카 마론 | 김미선 옮김
30 피로 물든 방 앤절라 카터 | 이귀우 옮김
31 숨그네 헤르타 뮐러 | 박경희 옮김
32 우리 시대의 영웅 미하일 레르몬토프 | 김연경 옮김
33, 34 실낙원 존 밀턴 | 조신권 옮김
35 복낙원 존 밀턴 | 조신권 옮김
36 포로기 오오카 쇼헤이 | 허호 옮김
37 동물농장 · 파리와 런던의 따라지 인생 조지 오웰 | 김기혁 옮김
38 루이 랑베르 오노레 드 발자크 | 송기정 옮김
39 코틀로반 안드레이 플라토노프 | 김철균 옮김
40 어두운 상점들의 거리 파트릭 모디아노 | 김화영 옮김
41 순교자 김은국 | 도정일 옮김
42 젊은 베르테르의 슬픔 요한 볼프강 폰 괴테 | 안장혁 옮김
43 더블린 사람들 제임스 조이스 | 진선주 옮김
44 설득 제인 오스틴 | 원영선, 전신화 옮김
45 인공호흡 리카르도 피글리아 | 엄지영 옮김
46 정글북 러디어드 키플링 | 손향숙 옮김
47 외로운 남자 외젠 이오네스코 | 이재룡 옮김
48 에피 브리스트 테오도어 폰타네 | 한미희 옮김
49 둔황 이노우에 야스시 | 임용택 옮김
50 미크로메가스 · 캉디드 혹은 낙관주의 볼테르 | 이병애 옮김

51, 52 염소의 축제 마리오 바르가스 요사 | 송병선 옮김
53 고야산 스님·초롱불 노래 이즈미 교카 | 임태균 옮김
54 다니엘서 E. L. 닥터로 | 정상준 옮김
55 이날을 위한 우산 빌헬름 게나치노 | 박교진 옮김
56 톰 소여의 모험 마크 트웨인 | 강미경 옮김
57 카사노바의 귀향·꿈의 노벨레 아르투어 슈니츨러 | 모명숙 옮김
58 바보들을 위한 학교 사샤 소콜로프 | 권정임 옮김
59 어느 어릿광대의 견해 하인리히 뵐 | 신동도 옮김
60 웃는 늑대 쓰시마 유코 | 김훈아 옮김
61 팔코너 존 치버 | 박영원 옮김
62 한눈팔기 나쓰메 소세키 | 조영석 옮김
63, 64 톰 아저씨의 오두막 해리엇 비처 스토 | 이종인 옮김
65 아버지와 아들 이반 투르게네프 | 이항재 옮김
66 베니스의 상인 윌리엄 셰익스피어 | 이경식 옮김
67 해부학자 페데리코 안다아시 | 조구호 옮김
68 긴 이별을 위한 짧은 편지 페터 한트케 | 안장혁 옮김
69 호텔 뒤락 애니타 브루크너 | 김정 옮김
70 잔해 쥘리앵 그린 | 김종우 옮김
71 절망 블라디미르 나보코프 | 최종술 옮김
72 더버빌가의 테스 토머스 하디 | 유명숙 옮김
73 감상소설 미하일 조셴코 | 백용식 옮김
74 빙하와 어둠의 공포 크리스토프 란스마이어 | 진일상 옮김
75 쓰가루·석별·옛날이야기 다자이 오사무 | 서재곤 옮김
76 이인 알베르 카뮈 | 이기언 옮김
77 달려라, 토끼 존 업다이크 | 정영목 옮김
78 몰락하는 자 토마스 베른하르트 | 박인원 옮김
79, 80 한밤의 아이들 살만 루슈디 | 김진준 옮김
81 죽은 군대의 장군 이스마일 카다레 | 이창실 옮김
82 페레이라가 주장하다 안토니오 타부키 | 이승수 옮김
83, 84 목로주점 에밀 졸라 | 박명숙 옮김
85 아베 일족 모리 오가이 | 권태민 옮김
86 폭풍의 언덕 에밀리 브론테 | 김정아 옮김
87, 88 늦여름 아달베르트 슈티프터 | 박종대 옮김
89 클레브 공작부인 라파예트 부인 | 류재화 옮김
90 P세대 빅토르 펠레빈 | 박혜경 옮김
91 노인과 바다 어니스트 헤밍웨이 | 이인규 옮김
92 물방울 메도루마 슌 | 유은경 옮김
93 도깨비불 피에르 드리외라로셸 | 이재룡 옮김
94 프랑켄슈타인 메리 셸리 | 김선형 옮김
95 래그타임 E. L. 닥터로 | 최용준 옮김
96 캔터빌의 유령 오스카 와일드 | 김미나 옮김
97 만(卍)·시게모토 소장의 어머니 다니자키 준이치로 | 김춘미, 이호철 옮김
98 맨해튼 트랜스퍼 존 더스패서스 | 박경희 옮김
99 단순한 열정 아니 에르노 | 최정수 옮김

100 열세 걸음 모옌 | 임홍빈 옮김
101 데미안 헤르만 헤세 | 안인희 옮김
102 수레바퀴 아래서 헤르만 헤세 | 한미희 옮김
103 소리와 분노 윌리엄 포크너 | 공진호 옮김
104 곰 윌리엄 포크너 | 민은영 옮김
105 롤리타 블라디미르 나보코프 | 김진준 옮김
106, 107 부활 레프 톨스토이 | 박형규 옮김
108, 109 모래그릇 마쓰모토 세이초 | 이병진 옮김
110 은둔자 막심 고리키 | 이강은 옮김
111 불타버린 지도 아베 고보 | 이영미 옮김
112 말라볼리아가의 사람들 조반니 베르가 | 김운찬 옮김
113 디어 라이프 앨리스 먼로 | 정연희 옮김
114 돈 카를로스 프리드리히 실러 | 안인희 옮김
115 인간 짐승 에밀 졸라 | 이철의 옮김
116 빌러비드 토니 모리슨 | 최인자 옮김
117, 118 미국의 목가 필립 로스 | 정영목 옮김
119 대성당 레이먼드 카버 | 김연수 옮김
120 나나 에밀 졸라 | 김치수 옮김
121, 122 제르미날 에밀 졸라 | 박명숙 옮김
123 현기증. 감정들 W. G. 제발트 | 배수아 옮김
124 강 동쪽의 기담 나가이 가후 | 정병호 옮김
125 붉은 밤의 도시들 윌리엄 버로스 | 박인찬 옮김
126 수고양이 무어의 인생관 E. T. A. 호프만 | 박은경 옮김
127 맘브루 R. H. 모레노 두란 | 송병선 옮김
128 익사 오에 겐자부로 | 박유하 옮김
129 땅의 혜택 크누트 함순 | 안미란 옮김
130 불안의 책 페르난두 페소아 | 오진영 옮김
131, 132 사랑과 어둠의 이야기 아모스 오즈 | 최창모 옮김
133 페스트 알베르 카뮈 | 유호식 옮김
134 다마세누 몬테이루의 잃어버린 머리 안토니오 타부키 | 이현경 옮김
135 작은 것들의 신 아룬다티 로이 | 박찬원 옮김
136 시스터 캐리 시어도어 드라이저 | 송은주 옮김
137 고독한 산책자의 몽상 장자크 루소 | 문경자 옮김
138 용의자의 야간열차 다와다 요코 | 이영미 옮김
139 세기아의 고백 알프레드 드 뮈세 | 김미성 옮김
140 햄릿 윌리엄 셰익스피어 | 이경식 옮김
141 카산드라 크리스타 볼프 | 한미희 옮김
142 이 글을 읽는 사람에게 영원한 저주를 마누엘 푸익 | 송병선 옮김
143 마음 나쓰메 소세키 | 유은경 옮김
144 바다 존 밴빌 | 정영목 옮김
145, 146, 147, 148 전쟁과 평화 레프 톨스토이 | 박형규 옮김
149 세 가지 이야기 귀스타브 플로베르 | 고봉만 옮김
150 제5도살장 커트 보니것 | 정영목 옮김
151 알렉시 · 은총의 일격 마르그리트 유르스나르 | 윤진 옮김

152 말라 온다 알베르토 푸겟 | 엄지영 옮김
153 아르세니예프의 인생 이반 부닌 | 이항재 옮김
154 오만과 편견 제인 오스틴 | 류경희 옮김
155 돈 에밀 졸라 | 유기환 옮김
156 젊은 예술가의 초상 제임스 조이스 | 진선주 옮김
157, 158, 159 카라마조프가의 형제들 표도르 도스토옙스키 | 김희숙 옮김
160 진 브로디 선생의 전성기 뮤리얼 스파크 | 서정은 옮김
161 13인당 이야기 오노레 드 발자크 | 송기정 옮김
162 하지 무라트 레프 톨스토이 | 박형규 옮김
163 희망 앙드레 말로 | 김웅권 옮김
164 임멘 호수 · 백마의 기사 · 프시케 테오도어 슈토름 | 배정희 옮김
165 밤은 부드러워라 F. 스콧 피츠제럴드 | 정영목 옮김
166 야간비행 앙투안 드 생텍쥐페리 | 용경식 옮김
167 나이트우드 주나 반스 | 이예원 옮김
168 소년들 앙리 드 몽테를랑 | 유정애 옮김
169, 170 독립기념일 리처드 포드 | 박영원 옮김
171, 172 닥터 지바고 보리스 파스테르나크 | 박형규 옮김
173 싯다르타 헤르만 헤세 | 권혁준 옮김
174 야만인을 기다리며 J. M. 쿳시 | 왕은철 옮김
175 철학편지 볼테르 | 이봉지 옮김
176 거지 소녀 앨리스 먼로 | 민은영 옮김
177 창백한 불꽃 블라디미르 나보코프 | 김윤하 옮김
178 슈틸러 막스 프리슈 | 김인순 옮김
179 시핑 뉴스 애니 프루 | 민승남 옮김
180 이 세상의 왕국 알레호 카르펜티에르 | 조구호 옮김
181 철의 시대 J. M. 쿳시 | 왕은철 옮김
182 카시지 조이스 캐럴 오츠 | 공경희 옮김
183, 184 모비 딕 허먼 멜빌 | 황유원 옮김
185 솔로몬의 노래 토니 모리슨 | 김선형 옮김
186 무기여 잘 있거라 어니스트 헤밍웨이 | 권진아 옮김
187 컬러 퍼플 앨리스 워커 | 고정아 옮김
188, 189 죄와 벌 표도르 도스토옙스키 | 이문영 옮김
190 사랑 광기 그리고 죽음의 이야기 오라시오 키로가 | 엄지영 옮김
191 빅 슬립 레이먼드 챈들러 | 김진준 옮김
192 시간은 밤 류드밀라 페트루솁스카야 | 김혜란 옮김
193 타타르인의 사막 디노 부차티 | 한리나 옮김
194 고양이와 쥐 귄터 그라스 | 박경희 옮김
195 펠리시아의 여정 윌리엄 트레버 | 박찬원 옮김
196 마이클 K의 삶과 시대 J. M. 쿳시 | 왕은철 옮김
197, 198 오스카와 루신다 피터 케리 | 김시현 옮김
199 패싱 넬라 라슨 | 박경희 옮김
200 마담 보바리 귀스타브 플로베르 | 김남주 옮김
201 패주 에밀 졸라 | 유기환 옮김
202 도시와 개들 마리오 바르가스 요사 | 송병선 옮김

203 루시 저메이카 킨케이드 | 정소영 옮김
204 대지 에밀 졸라 | 조성애 옮김
205, 206 백치 표도르 도스토옙스키 | 김희숙 옮김
207 백야 표도르 도스토옙스키 | 박은정 옮김
208 순수의 시대 이디스 워턴 | 손영미 옮김
209 단순한 이야기 엘리자베스 인치볼드 | 이혜수 옮김
210 바닷가에서 압둘라자크 구르나 | 황유원 옮김
211 낙원 압둘라자크 구르나 | 왕은철 옮김
212 피라미드 이스마일 카다레 | 이창실 옮김
213 애니 존 저메이카 킨케이드 | 정소영 옮김
214 지고 말 것을 가와바타 야스나리 | 박혜성 옮김
215 부서진 사월 이스마일 카다레 | 유정희 옮김
216 사람은 무엇으로 사는가 레프 톨스토이 | 이항재 옮김
217, 218 악마의 시 살만 루슈디 | 김진준 옮김
219 오늘을 잡아라 솔 벨로 | 김진준 옮김
220 배반 압둘라자크 구르나 | 황가한 옮김
221 어두운 밤 나는 적막한 집을 나섰다 페터 한트케 | 윤시향 옮김
222 무어의 마지막 한숨 살만 루슈디 | 김진준 옮김
223 속죄 이언 매큐언 | 한정아 옮김
224 암스테르담 이언 매큐언 | 박경희 옮김
225, 226, 227 특성 없는 남자 로베르트 무질 | 박종대 옮김
228 앨프리드와 에밀리 도리스 레싱 | 민은영 옮김
229 북과 남 엘리자베스 개스켈 | 민승남 옮김

● 문학동네 세계문학전집은 계속 출간됩니다